HS 会幽默
全世界都欢迎你

宋犀堃 主编

百花洲文艺出版社

图书在版编目（CIP）数据

会幽默，全世界都欢迎你／宋犀堃主编. —南昌：
百花洲文艺出版社，2018.12
ISBN 978－7－5500－3075－6

Ⅰ . ①会… Ⅱ . ①宋… Ⅲ . ①幽默（美学）– 语言艺术
– 通俗读物 Ⅳ . ①H019 – 49

中国版本图书馆 CIP 数据核字（2018）第 248070 号

会幽默，全世界都欢迎你

宋犀堃 主编

出 版 人　姚雪雪
出 品 人　杨建峰
责任编辑　刘 云　刘玉芳
美术编辑　松 雪　王 进
制　　作　王 进
出版发行　百花洲文艺出版社
社　　址　南昌市红谷滩世贸路 898 号博能中心 A 座 20 楼
邮　　编　330038
经　　销　全国新华书店
印　　刷　三河市众誉天成印务有限公司
开　　本　880mm ×1270mm　1/32　印张　8
版　　次　2018 年 12 月第 1 版第 1 次印刷
字　　数　196 千字
书　　号　ISBN 978－7－5500－3075－6
定　　价　29. 80 元

赣版权登字 05－2018－463

邮购联系　0791－86895108
网　　址　http://www.bhzwy.com
图书若有印装错误，影响阅读，可向承印厂联系调换。

前　言

　　每个人都不喜欢枯燥乏味的交谈，科学地运用幽默，不仅能够活跃人与人之间的交往气氛，而且能够潜移默化地加深人们对语言的理解，从而有效地提升幽默口才的实效性。有学者研究证实，幽默感是成功人士应该具备的品格之一，幽默能帮助人们从无名小卒成长为叱咤风云的大人物，给他们的人格披上生机无限的魅力。

　　幽默能打开初识之际的陌生局面，破解无话可说的尴尬气氛，让人们在激烈的论辩当中巧言获胜，在雅量的谐谑中赢得爱人的芳心，在幽默的氛围中换得和睦、幸福的家庭生活，在纷繁复杂的社会关系中左右逢源、事半功倍……

　　幽默是语言的最高境界。在短短的话语中能否运用幽默、运用多少幽默，则是衡量一个人语言高下的重要标准。幽默是人际交往的润滑剂、缓冲剂，就像一座桥梁拉近了人与人之间的距离，使心灵变得更亲近。

　　正如美国一位心理学家说的："幽默是一种最有趣、最有感染力、最具有普遍意义的传递艺术。"幽默不仅能体现出一个人深厚的文化素养和丰富的文化内涵，还能折射出一个人的美好心灵。一个具有魅力的人能不赢得别人的喜欢吗？事实证明，幽默具有使人愉悦的神奇功效，在任何场合，拥有幽默的人总会赢得他人的好感，获得众多的支持和理解。

幽默是沟通过程中重要的手段，它是语言中的酸，能够让枯燥变得生动有趣；它是语言中的甜，能够让平淡变得甜蜜美好；它是语言中的苦，能够让深奥变得浅显易懂；它是语言中的辣，让复杂变得简单明了；它是语言中的咸，能够让乏味变得耐人寻味。

一个谈吐风趣、幽默的人是很难被拒绝的，如同和美丽的姑娘促膝而坐、侃侃而谈。在他的幽默所营造的轻松愉快的气氛中，在忍俊不禁时，你已不知不觉被其吸引，欲罢不能。

在人际交往中，我们总希望自己能够和别人和睦相处，成为大家瞩目的焦点，受到许多人的欢迎。因此，我们总是努力让自己表现出最好的形象。要想有效地表现自我，最重要的捷径就是表现出自己的幽默。幽默能够消除内心的紧张，树立健康乐观的个人形象，润滑人际关系。幽默能够化解尴尬，影响别人的思想和态度，从而掌控局面。更重要的是，幽默不仅可以为自己带来好人缘，还可以给自己带来好心情、好运气。

翻开本书，你就会看到幽默的人生智慧、幽默的技巧和方法，以及如何修炼成一名出色的幽默大师。本书旨在引导你善于发现生活中的幽默，帮助你学习和掌握生活中实用的幽默技巧。同时，从职场、家庭、人际交往等方面，结合生动具体的案例，详细地讲述了幽默在现实生活中的独特魅力。读过本书后，希望你会成为一个受欢迎的人。

2018 年 8 月

目 录

第四章　打破常规，幽默最忌公式化

第一章

幽默是一种非常奇妙的沟通力

幽默对人，笑容可以招来笑容

　　某大学植物系有一位植物学教授，开的课虽然是冷门课程，但只要是他的课，几乎堂堂爆满，甚至还有人宁愿站在走廊边旁听，原因并不是这位教授专业知识多高超，而是他的幽默风趣风靡了校园，使得学生们都喜欢上这位教授的课。

　　有一次，该教授带领一群学生深入山区做校外实习，沿途看到许多不知名的植物，学生好奇地一一发问，教授都详细地回答解说。一位女同学不禁停下了脚步，对着教授赞叹地说："老师，您的学问好渊博呀，什么植物都知道得那么清楚！"教授回头眨了眨眼，扮个鬼脸笑道："这就是我为什么故意走在你们前头的原因了，只要一看到不认识的植物，我就'先下脚为强'，赶紧踩死它，以免露馅！"学生们听了个个笑得前仰后合，可见，这次实习之旅是一趟充满了笑声的愉快之旅。

当然，教授只是开个玩笑，幽默一下而已，这就是他广受学生欢迎的原因。

荣耀全美国的十大销售高手之一的甘道夫博士曾说："销售是2％的产品知识和98％的人性了解。"美国《EQ》一书的作者高曼博士说："成功来自80％的情商和20％的智商。"可见，了解人性、善于沟通、幽默才是成功的关键所在。　我们经常会诧异，为什么有人那么受人欢迎而有人却那么受人鄙弃？日本的一位人际沟通高手福田建先生，曾提出一个生活实验报告："笑容可以招来笑容。"意思是说，当我们以笑脸对着别人时，别人也会以笑容回报，所以有人认为："笑是一种可爱的传染病，被它感染了不但浑身舒服，还快乐无比呢！"福田建还说，"'笑脸迎人'不但是一剂人际关系的万能药，还是一剂最好的特效药。"我们不是常说"笑脸迎人，就是菩萨"吗？请记住：常葆微笑、幽默对人，对人对己都是好处多多。

除了一张微笑的脸之外，受人欢迎还需要有一颗关心体贴别人的心。

曾经有一位病人因牙疼去看牙医，牙医看了看后说："这颗牙已经严重蛀坏了，无法做根治，需要整颗拔掉！"

病人问："请问拔一颗牙要多少钱？"

牙医回答说："600元。"

病人一听，大吃一惊地说："什么？拔一颗牙只需短短几分钟，就要收600元！"

牙医笑道："如果你要慢慢地拔也可以，我可以慢慢地帮你拔，拔到你满意为止。"

在适当的场合，幽默可以使你更容易让人亲近，上述牙医的幽默一方面消除了病人对昂贵药费的不满，另一方面放松了病人的紧张心态。幽默可以使紧张的心情松缓下来，从而使你更受别人的欢迎。

沟通中幽默的力量能加深印象

一位交通警察在指挥交通时，阻止一位驾车驶过他身旁的老太太。他问："夫人，难道你没有看见我的手举起来了吗？你不知道这表示什么意思吗？"

"当然知道，"她回答说，"我在小学教书教了40年了。"

秘书连连犯错，老板不经意地问："你在恋爱吗？"

"当然不是！"她回答，"我已结婚了。"

幽默的艺术在沟通过程中可以用来帮助人们记住事情，接受一些人生的经验。

幽默常以一般人熟悉的艺术形式来表现。 于是，我们一听到这些熟悉的艺术形式，就会产生微笑或哈哈大笑的反应。 我们先看看"什么是失败者"的趣味答案。

他是个失败者，上午9点15分，他向老板要求加薪；9点16分，他要求老板帮他写推荐函。

失败者就是一个花1000美元买了一块墓地之后，却掉到海里淹死的人。

有一个胖子在海滩上伸直了身子进行日光浴，小孩跑来在他的肚子上画画、写字。他到动物园去，孩子们拿花生米喂他，害得他赶紧叫来一辆救护车和一部起重机。

"好消息与坏消息"的妙语也可以利用幽默的艺术表达信息。

好消息！调查显示，大学女生认为中年男士最具吸引力。坏消息！她们认为中年是指32岁。

精神病医生告诉病人一个好消息："你没有自负情绪。"最后是坏消息："你很自卑。"

"好坏消息都有，"妻子对丈夫说，"好消息是你这几年来付的汽车保险费不会浪费掉了！坏消息是咱们家的汽车撞坏了。"

我们所要表达的许多信息，也可以用另一种熟悉的幽默艺术形式来表达。例如，你要说一个小镇有多小，就要说得可靠些，说你就从这么一个小镇来，以建立或虚构事实。

"我家乡的小镇，小到仅有一个十字路口，而且只有其中两个方向的路可以走到任何地方去。"

"我的家乡小到只消你打开后门，就出了镇外。"

"在我的家乡，我们穷到以为'隔天面包'是一种面包的牌子。"这种形式有时也可用来开开朋友之间的玩笑。

"我们的足球教练真是个大块头，他在洗澡的时候只能用淋浴。为什么呢？因为他若进入浴缸，会将浴缸压成两半。"

当你在任何情况下都能看到事情有趣的一面时，自然会产生幽默的念头来。

我们来看一个最平常的情况：

电梯中有一位乘客很紧张地问操作员："如果电缆断了，会怎样？我们会往上升还是掉下去？"

操作员回答："那就要看你过的是何种人生了。"

学生问："这里说如果我们用功读书，不抽烟、不喝酒、不找女孩子玩，就会活得长命。是真的吗？"

教授回答："除非有人去做，否则我们尚不确知。"

使别人愿意按照你的想法和建议去行事，是运用幽默艺术以适当表达你的想法的第三大步骤。前两大步骤——清晰沟通和帮助他人记得——能帮助你激发他人去行事。

"我来收订报费。"送报员说。

"好，"订户说，"订报费在那边草丛里，每天早上我总是从那儿捡起报纸。"

我们再来看一则有关误解的故事。

小詹妮对老师说："我不想吓唬人，不过我爸说，如果我的成绩再没有进步的话，就会有人要挨一顿揍了。"

我们平常同他人交流时，不可能犯这样的错误。因此，调整目的、集中话语中的幽默力量，才能使人对你的话印象深刻。

在寒暄中注入幽默的元素

下面是一个典型的有关寒暄幽默的故事：

连续下了几天的大雨，某公司同事们见了面，一个人说："这天怎么老是下雨呀？"一位老实的同事按常规作答："是呀，已经 6 天了。"一位喜欢加班的同事说："嘿，龙王爷也想多捞点奖金，竟然连日加班。"另一位关注市政的同事说："天上的玉皇大帝忘了修房，所以老是漏水。"还有一位喜爱文学的同事更加幽默："嘘！小声点，千万别打扰了玉皇大帝读长篇小说。"

很多有幽默感的老年人很喜欢晚辈和他们开一些善意的玩笑。所以，当你刚出门就遇见老年邻居时，你就可以幽默地和他们寒暄一番，这样很容易就能和他们搞好关系，一般情况下，他们还会逢人就夸你会说话。

一个大热天，小王赶早趁天气凉爽去公司上班。她刚出家门，就看见邻居刘大妈大清早就在树荫下练腰腿。她走过去神秘地对刘大妈说："大妈，这么早练功，不穿棉袄，小心着凉啊。"一下子使得刘大妈哈哈大笑，笑着骂道："你这个鬼丫头！再不走你上班可要迟到了，现在都 9 点多了。"小王一听赶紧看看表，才 7 点半。看到刘大妈在那里得意地笑，才知道自己上当了。以后，刘大妈每逢见到小王都非常主动和小王打招呼，逢人就夸小王聪明伶俐，还张罗着给她介绍对象呢。

很多时候，新近发生的大事件会成为人们寒暄中的话题。因为，大事件是大家都关注的，人们可以从中找到共同的语言，可以避免在寒暄中话不投机而导致尴尬。下面就是一个利用大事件在寒暄中制造幽默的例子：

某年，因为厄尔尼诺现象的影响，气候反常，快到夏天的时候，人们还穿着毛衣。很多熟人见面后的第一句话就是："气候太反常了，都过了农历四月了，天还这么冷。"可是，有一个幽默的汽车司机就不那么说，他见到同事李师傅的时候说："李师傅，这不又快立秋了，毛衣又穿上了。"他见到邻居张大爷的时候也会故意幽默地问："张大爷，您老也没有经历过这么长的冬天吧，到这时候了还这么冷？"恰好张大爷也是一个幽默人，他笑着答道："是啊，大概老天爷最近心情不太好，老是板着一副冷面孔。"

每个时期都会发生一些吸引公众注意、为公众所关心的事件，人们就可以利用它在寒暄中制造幽默的话题。

现在人们的生活水平提高了，人们都喜欢以"夸别人富有"作为寒暄中的话题，尤其在农村，这种看似俗气的寒暄更是常常会发生。其实，在寒暄中逗乐似的夸别人富有，也会收到很好的幽默效果。

李大娘午饭后恰好遇到大刚，大刚寒暄道："大娘，您吃过午饭了吧？"李大娘既然被称为大娘，自然年纪不小了，可是她整天乐呵呵的，越活越年轻，她回答说："嗬，还没吃呢。你中午吃什么好东西，也不请大娘我去吃，瞧，现在还满嘴都是油呢！"

李大娘幽默地夸赞大刚的生活过得好，她对大刚的假责怪显得亲切、热情，很自然地就拉近了与大刚的关系，也成功塑造了自己平易近人、和蔼可亲的长辈形象。

幽默是交际中必不可少的润滑剂

美国心理学家赫布·特鲁说："幽默可以润滑人际关系，消除紧张，减轻人生压力，使生活更有乐趣。它把我们从个人小天地里拉出来，使我们一见如故，寻得益友。它帮助我们摆脱窘迫和困境，增强信心，在人生的道路上知难而进。"所以，我们说幽默是一种十分奇妙的沟通力，只要在一次沟通中融入了幽默的元素，那这次沟通就是愉快的、令人愉悦的。幽默可以建立良好的沟通力，从而帮助我们解决生活中的一些难题。在日常交际中，一个卓越的沟通家或许不是最会说话的人，但是，他们却善于运用幽默，透过幽默的表达方式，能够让听众更容易接受他所表达的意思。幽默本身就有一种神奇的令人感到快乐的力量。因此，我们也说，幽默是一种奇妙的沟通方式。

在日常交际中，幽默就像必不可少的调味剂，如朋友聚会、结伴旅行，当大家都感到疲惫或长时间静坐无语的时候，这样的气氛是让人感到沉闷和难受的。这时，假如一个充满幽默感的人说了一句笑话，一定可以改变当时的气氛，从而带来快乐，让人们忘记暂时的疲惫和烦恼。若是在朋友聚会中适当开个玩笑，那也可以营造一种活跃的气氛，让彼此的友谊更加坚固长久。众所周知，乱丢垃圾是一个让人十分头疼的问题，不过，荷兰一座城市却采用了一个十分有趣的方法，从而使这座城市变得非常干净。这个城市曾采用增加罚金和加强巡视的方法，不过这样所起到的作用是很小的。后来，城市管理者想到了一个方法，那就是在垃圾桶上装一个录音机，让垃圾桶和那些乱丢垃圾的人"说话"，每当垃圾被倒入垃圾桶之后，垃圾桶就会说一段笑话，不同的垃圾有不同的笑话，用这样的方式来吸引更多的人自觉地倒垃圾，当然，效果不言而喻。

类似的幽默在美国也有。在美国街头，当垃圾被扔进一些垃圾桶的时候，垃圾桶就会说："好吃，好吃，再给我吃点。"幽默的神奇之处在于，当我们善于用幽默表达意见时，更容易被人接受，这样一来，彼此的沟通自然更加顺利。

幽默为沟通疏通管道

　　一位青年被贵族看重，为了和这位青年拉上关系，贵族便说："我有个女儿，十分乖巧，情愿许配给你。"听了这句话，青年深深地鞠了一躬，回答说："我出身贫寒，能够攀附高门，当然非常荣幸，等我回家和妻子商量一下，怎么样？"

　　当沟通出现障碍的时候，这位青年幽默地表达了自己的想法，这样既不会得罪这位了不起的贵族，而且他所说的话也会让这位贵族对他更加器重，虽然这位青年拒绝了贵族，但他不会生气，只是觉得惋惜。可以说，幽默为沟通疏通了管道，得以让彼此之间的交流畅通无阻。在日常交际中，当我们与他人沟通的时候，难免遭遇阻碍，这时假如我们幽默一下，那就可以为沟通疏通管道，让双方之间的交流更加和谐。

　　有一次，作家刘绍棠到一所大学演讲，对于学生提出的各种问题，他都做了十分坦率的回答。

　　这时，有一位女同学递上了一张纸条，上面写着："既然文学要真实地反映社会生活，那你为什么总是唱赞歌而不唱悲歌呢？难道社会就没有阴暗面吗？"看到这样尖酸刻薄的问题，刘绍棠思索了一下，便向那位女生问道："你喜欢照相吗？"见那位女生直点头，刘绍棠反问道："你脸上有光滑漂亮的时候，也有长疮疤不干净的时候，你为什么不在脸上生疮疤的时候去照相呢？"这样一反问，引得周围的人都情不自禁地笑出声来。

在这个案例中，显而易见，那位女同学是故意刁难刘绍棠，不过，面对听众的故意刁难，刘绍棠却不急于回答，而是提出一个让对方感兴趣的话题，如此进行适当反问，给对方一个措手不及。在这个反问中，刘绍棠把文学作品的表达与年轻人的照相作类比，借助幽默的语言，把自己想要表达的意思融入类比中，让人在笑声中领悟，给人留下深刻印象。

在生活中，我们都有这样一个常识：当下水道遭遇阻碍物的时候，我们所想到的办法就是软化阻碍物，这样才能疏通管道，使管道正常运作。在日常交际中，其实也是一样的道理，我们需要用一点特别的办法让对方接受这样的疏通管道的方式，而幽默恰恰是这样一个绝妙的办法，因为幽默，我们总是轻而易举地化解尴尬或难堪，恢复和谐的气氛。

幽默表达善意，增进友谊

林语堂先生说："幽默是一种人生态度。"幽默的语言能使紧张的气氛顿时显得轻松活泼，能让对方感到善意，这样表达出的观点更容易被对方所接受。 在日常生活中，幽默的语言风格无处不在，它成了人际交往的调节剂。 其实，幽默是无处不在的，同事之间、家人之间、朋友之间，因为每个人都希望朋友之间的相处是愉快的，而幽默恰恰有这样的特性。 幽默本身就具有一种特性、一种令人愉悦的特性；幽默感更是一种能力，它能有效地影响他人心理，从而增进人与人之间的关系。所以，我们应该为自己的语言风格增添"幽默"这一元素，达到增进友谊的目的。

张大千是我国当代著名的画家，他的讲话风格非常诙谐幽默。

有一次，他和几个朋友在一块饮酒聊天，席间有几个人在谈论胡子的问题时，口吻中带有明显的讥讽和嘲弄。在座的人，只有张大千有着又密又长的胡子，因此，他听后感到十分不舒服。不过张大千的脸上并没有表现出丝毫的气愤，而是默默地听着。等别人讲完了，他就清了清嗓子，讲了一个和胡子有关的笑话：

三国时期，关羽的儿子关兴和张飞的儿子张苞随刘备率师讨伐吴国。关兴和张苞二人由于为父报仇心切，都争着做先锋，这让刘备感到十分为难。最后只好说："你们两个的武艺是不相上下的，那么就比一比各自父亲生前的功绩吧，谁父亲的功劳最大就让谁当先锋。"张苞一听，不假思索地说道："我父亲当年三战吕布，喝断坝桥，吓退曹军，夜战马超，鞭打督邮，义释严颜，为蜀汉江山立下了汗马功劳。"

轮到关兴说了，但是他天生笨嘴舌拙，加上紧张，半天才说了一句："我父五缕长髯……"接着就没下文了。这时候，关羽显圣，立在云端上，正好听见了儿子的这一段话，顿时气得暴跳如雷，大声地骂道："你这个不肖之子，老子生前诛颜良、杀文丑，过五关斩六将的事你不说，却偏偏在老子的胡子上做文章！"

张大千的故事还没讲完，在座的所有人都捧腹大笑，接下来再也不好意思拿胡子大做文章了。

张大千面对朋友的讽刺和嘲笑，不愠不火，用一个幽默的笑话进行了反驳和规劝，达到了良好的效果，一方面表达了自己的意见，同时还很好地维护了朋友的面子。 如果当时，他勃然大怒，讲一些"自由平等、尊严神圣不可侵犯"之类的大道理，那种轻松愉悦的场面定会变得十分紧张和尴尬。

善于幽默，令你左右逢源

有人说："幽默是心灵与心灵之间快乐的天使。"确实，它在日常交际中扮演了一个可爱的天使。一个人若是拥有了幽默，那就拥有了爱和友谊。在生活中，我们经常看见那些不具备幽默细胞的人，当他们在遇到某些事情的时候，不是拍案而起、横眉冷对，就是悲天悯人、大智若愚。富于幽默的人，即便情况到了针锋相对的程度，他们的情绪也不会燃烧起来，而是像湖水一样平静，因为如此可人的品性，他们更容易交到朋友，更容易自由自在地游走于交际圈。

有一个光头，当别人说他"你理发不用花钱，洗头不用汤"时，他当场就生气了，变了脸，使得原本比较轻松的环境变得紧张起来。从这以后，别人看见他都不敢跟他开玩笑，身边愿意跟他说话的朋友也少了很多。

还有一位经常参加演讲的教授，也是一个光头，当他站在讲台上时，他说："一位朋友称我聪明绝顶，我含笑着回答：'你小看我了，我早就聪明绝顶了。'"然后，指了指自己的头说："我今天演讲的题目是'外表美是心灵美的反映'。"就这样，这个光头教授开始了自己的演讲，而他那几句诙谐的话，使得整个会场充满了活跃的气氛。

在这个案例中，同样是光头，对于这样一个比较特别的外表形象，是很容易受到别人的嘲讽的，但他们所得到的认可为什么不一样呢？原因在于前面一位光头先生缺少幽默感。 在日常交际中，友善的幽默可以表达人与人之间的真诚、友爱，可以沟通心灵，拉近人与人之间的距离，从而跨越人与人之间的鸿沟。 当然，这会让我们得出这样的观点：幽默是一种希望和他人建立良好关系不可缺少的可贵品质。

在日常交际中，幽默可以帮助我们表达很多东西。 尤其是当我们想要表达内心不满情绪的时候，假如适时使用幽默的语言，别人听起来也会顺耳很多。 当一个人需要把别人的态度由否定变为肯定的时候，幽默是极具说服力的。 此外，当我们与他人关系紧张的时候，即便在一触即发的重要时刻，若是幽默一下，也可以使彼此从容地摆脱不愉快的窘境或消除矛盾，可以说，幽默是交际的润滑剂，可以令我们在交际圈子里如鱼得水。 当然，我们说"善于幽默"，并非只需要幽默就可以。 幽默应该是高雅得体的，态度应该是谨慎和善的，幽默而又不失分寸，这才能促使人际关系变得和谐融洽。 因为幽默不但可以反映出一个人随和的个性，还可以显示出一个人的聪明、智慧以及随机应变的能力。 不过，需要注意的是，幽默既不是毫无意义的插科打诨，更不是没有分寸的卖关子、耍嘴皮。 我们在交际中所施展的幽默，既要入情入理，又要引人发笑，给人启迪。

在日常交际中，那些富于幽默的人，其朋友也是很多的。因为幽默，初次与陌生人见面时就会给对方留下较为深刻的印象，这对于身在社交圈子的人而言是一件再好不过的事情，因为说不定哪一天你就需要求助别人。 而且，富于幽默感的人是具备亲和力的，他们很容易与人相处，这样就有助于他建立和谐、持久、牢固的人际关系。

幽默就是把快乐传染给别人

美国著名企业家史度菲曾说："世界上最美妙的声音就是笑声，它比任何音乐都美妙，谁能使他的朋友、同事、顾客、亲人们发出笑声，那么，他就是在弹奏无与伦比的音乐。"活跃在社交各个场所，我们所要做的就是不仅要自己快乐，同时还要把这份快乐传染给别人，这样我们才会拥有较好的人际关系。而幽默恰恰是让大家笑的元素，它可以为我们的社交增添光彩。假如我们平常的问候是一杯白开水，那带着幽默的问候就是一杯温暖的奶茶，令人眼前一亮，为我们的生活增添几抹光彩。

曾任美国总统的罗斯福年轻时体力比不上别人。有一次，他与人到白特兰去伐树。等到晚上休息的时候，他们领队的询问白天每个人伐树的成绩，同行的有人说："塔尔砍倒53棵，我砍倒了49棵，罗斯福使劲咬断了17棵。"

听到同伴这样说自己，罗斯福感觉很不好受，不过，他想到自己砍树确实和老鼠咬断树根一样慢，就连他自己也忍不住笑了起来。

幽默不仅仅是几句妙语，还包括读懂别人的幽默，罗斯福本人不仅是一个幽默的人，他更懂得如何理解别人的幽默。幽默的人有宽阔的胸怀，他们能够很好地控制自己的情绪，就好像一位诗人曾说："忧伤来了又去了，唯我内心的平静常在。"听懂别人的幽默，在显示自己宽广胸襟的同时，也拓展了自己的社交圈子。

在一辆拥挤的公交车上，一位小伙子很客气地弯腰对身边的一位年轻时尚的女士说："车厢里人真多，请允许我为您找扶手吊带吧！"那位女士冷冰冰地回答说："不客气！我已经有扶手吊带了！"这时小伙子气喘吁吁地说："那么，请您放开我的领带吧。"

另一边，一位瘦瘦的小伙子在车上被挤得很无奈，不过，那些急着上班的人拼命地像沙丁鱼一样在车厢里挤，而汽车却迟迟不发动。车里的人开始对车门口阻碍关车门的人有意见了，而车门口的人也说了他们自己的理由。眼看火药味变浓，那位瘦瘦的小伙子再也忍不住了，大叫："别挤啦，再挤我就成相片了！"听到这样一句话，大家都笑了，伴随着笑声，车里的人也消了气，车门口坚持想挤进来的人也下了车，打算等下班公车。

一两句诙谐的话，使得原本紧张的气氛变得和谐起来，这就是幽默的力量。如果你还在担心社交、担心自己不受大家的欢迎，那就不妨学会幽默一把。善于幽默，会令你成为快乐的天使，源源不断地将快乐传递给更多的人，从而使你的社交不再枯燥、不再烦闷，因为幽默为你的社交生活增添了彩虹般的绚丽色彩。

给讽刺增添幽默的色彩

幽默是运用你的幽默感来增进你与他人的关系，并改善你对自己真诚评价的一种艺术。我们深信每个人都能够根据别人的经验，去发现如何按下幽默的按钮！

在生活当中，赞扬需要幽默，指责更需要幽默，幽默能使指责传达善意。如果双方发生了矛盾，出现了意见分歧的现象，其中之一的当事人撇开严肃的态度，用幽默的语言来暗示责备，那么即使是调侃式的、半宽容的幽默语言，也能正确无误地表达出责备，以达到不至于伤害他人的目的。幽默之所以能产生这么大的功效，其原因就在于，幽默传达给对方后，对对方产生作用的不完全在于这是些什么话，有很大因素在于你的幽默能给对方一种什么样的感觉。

在社交中，赞扬、指责或者是表达同情心，都可以带上一些幽默色彩。当然，在社会活动中，也有需要用讽刺意味表达的时候，但讽刺不要成为挖苦。当讽刺加上幽默的色彩时，它就会达到一个较高的层次。

有位老先生买了一个助听器，于是他到处向朋友们夸耀："这是我这辈子用钱用得最恰当的地方了！耳朵里塞上这东西之前，我耳背得像木桩。现在呢，如果我在楼上卧室里，厨房里水开了，我就能立即听到。如果一辆汽车开上车道，我在一里外就能听见。不瞒各位，这是我花钱花得最合算的东西了。"

他的朋友都附和着一个劲地点头。其中一个问："多少钱？"

那位先生看了看表，回答道："差一刻三点。"

幽默是一种天然的防卫武器。现实生活中，有很多事情令人手足无措、无所适从，有很多事情通过一般方法是难以解决的，这时，人们往往采用幽默的方式，把自己的所有不满和不快全包含在一笑之中。

幽默体现你的品位与格调

幽默有时是文雅的，有时是具有暗示作用的，有时是高级的，有时是低级趣味的，切忌在沟通中开低级趣味的玩笑并自以为幽默。低级趣味的"幽默"一般形如讥笑，而一句普通的讥讽言语会让人当场丢脸，以致双方反目成仇。因此，在人际沟通中，一定要注意幽默的品位与格调。

幽默运用得当，可以使一个敌对的人哑口无言，还可以解除尴尬的局面、赢得别人的称赞。

人与人交往，时常发生些矛盾、误会和摩擦，总是难免的。但只要我们来点儿幽默，就等于在摩擦得发烫的齿轮中，注入了几滴润滑剂，不会碰得火星四溅，撞得疤痕累累。这是因为幽默具有把人带出尴尬境地，具有引发笑声化干戈为玉帛的特殊功能。幽默感，是一种高雅而可贵的情趣，是智慧和感情的结晶，幽默思维是一种愉快的思维，具有幽默感的人，往往是乐观主义者，为人处世比较灵活，能比较容易地与周围的人，包括上司和下属——建立良好的人际关系。

或许每个人都有这样的体会，和幽默风趣的人相处，会觉得非常轻松愉快，气氛也很融洽。如果在开会议，那么他会令枯燥的会议，变得妙趣横生；如果朋友聚会有他在，那就会变得更红火热闹；面对严肃的上司，他出语诙谐，松弛其拉长的面孔；面对拘谨的下属，他妙语解颐，缓和其紧张的心情。假如是参与紧张的商业谈判，在激烈的讨价还价之余，来点儿幽默，将有助于顺利地达成协议。反过来，一个不苟言笑、缺乏幽默感的人，他的人际关系也会大打折扣，朋友见了他往往会"敬而远之"。

　　幽默还可以使一个人摆脱困境，幽默语言可以像优美的歌曲，也可以像伤人的利剑。幽默机智的话能使人产生喜悦满足之感，令人久久难忘。因此我们可以说，幽默的作用之一是在无法令人满意的情况下使人产生满足感、保证情绪的稳定，不致说出刺人的言语或做出过激的行动。会心的笑是心灵的最短距离。在交谈中，只要你把对方逗得会心一笑，人们之间的感觉就接通了，心也就接近了。幽默的妙处就在于缩短人与人之间的心理距离，让人们之间的交往更加亲近与和谐。

幽默是梳理人际关系的法宝

幽默是人际关系的润滑剂，能使激化的矛盾变得缓和，从而避免出现令人难堪的场面，化解双方的对立情绪，使问题更好地解决。美国作家特鲁说："当我们需要把别人的态度从否定改变为肯定时，幽默的力量具有说服效果，它几乎是一种有效的处方。"他还讲道："幽默帮助你解决人际关系问题。当你希望成为一个能克服障碍、赢得他人喜欢和信任的人时，千万别忽视这种神秘的力量。"

有的人在与他人的合作中，听不得半点"逆耳之言"，只要别人的言语稍微有所不恭，那么，他就会大发雷霆或极力辩解，其实这样做是不理智的。这不仅不能赢得他人的尊重，反而会让人觉得你不易相处。所以，在与人相处的过程中，只有始终保持愉快的心情，谦虚、随和、幽默，这样才能让你和别人的合作更加愉快。

在严肃的交谈和例行公事般的来往中，人们往往是戴着种种假面具，也似乎只能让人了解自己的外表，却无法探知自己的内心，这样的交流是极难深入下去的。没有心灵沟通的社交，不能算是成功的社交。幽默可以让人们看到你的另一面，一个似乎是本质的、人性的、纯朴的一面，这是人性的共同之处。

美国总统里根曾在他的母校毕业典礼上致辞时，嘲笑自己在校的成绩。他说道："我返回此地只是为了清理我在学校体育馆里的柜子……但获此殊荣，我的心情十分激动，因为我过去总认为只有得到第一名才是荣誉。"

里根的幽默在于，他并没有凸显自己作为总统的特殊地位，而是将自己放在和台下学生一样的平台上，从而拉近了与听众的距离，也显示出自己宽广、博大的胸怀。

弗洛伊德讲过："最幽默的人，是最能适应的人。"的确，幽默能使我们在社交场合应付自如，用幽默来化解各种各样的危机和困境。

除此之外，幽默还可以回答自己不愿听到的问题。

芬兰的一位建筑师说话很慢，当记者采访他时，一直担心时间不够，万般无奈之下，记者只好说："卡尔先生，时间不多了，能否请您说快点？"建筑师卡尔听后，慢慢地掏出烟斗点上，懒懒地说："不行，先生，不过，我可以少说点。"

用幽默化解困境、回答难题、维护自己的利益、捍卫自己的尊严，而又不伤对方的感情，达到良好的效果，这是别的手段难以媲美的。有了幽默的法宝，你会发现社交中遇到的很多问题都能迎刃而解了。

可见，幽默的作用是多么神奇。在社交过程中，不管是遇到尴尬的场面和事情，还是面临着他人的刁难和指责，幽默都能神奇地将你从尴尬的境地中解脱出来，而且能让身边的人更深刻地了解和认识你，从而让你获得他人的信任。

在现实生活中，要获得成功，不可能完全依靠个人的单打独斗。成功的社交是每一个事业成功者必须具有的能力，而幽默则是社交成功的法宝。试着在你的社交中加入一点幽默的调料，你会发现自己的交际之路将更加顺畅。运用幽默的力量，我们就能通过成功的社交，走上成功的道路。

某公司的销售部有个叫阿文的销售员，他年轻时候长过很多青春痘，满脸都是疤痕。一天，一个职员神秘兮兮地跟另一个职员说："嘿，给你看张图片，你猜是谁？"众人挤过来一看，原来是一个橘子皮。"你拿阿文的照片干吗？"其中一个人喊。大家爆笑，于是，"橘子皮先生"就成了阿文的绰号。

阿文本人感到十分委屈，恼火万分。总经理实在看不过去，有一次更正道："我知道大家最近都说阿文是'橘子皮'，但就算真像也不能这么说啊，太不照顾同事的情绪了。我宣布，你们以后再说起他的长相时只可以说：阿文，咳咳！他长得很提神。"

真正具有幽默感的人能看到同事的优点，使自己对同事的行为保持乐观积极的态度，而不是着眼于同事的错误和缺点。身处职场，我们应该敞开胸怀去接受同事的缺陷，增进彼此的友谊。

某公司有一位爱喝酒的员工，经常会因喝酒太多而耽误工作。他的同事在对他的评价中这样写道："他这个人很诚实，忠于职守，而且'经常是清醒'的。"

通常，难看到同事优点的人在工作上不会十分顺利。在职场上做一个对同事宽宏大量的人，即使你同事的身上有这样或那样的缺点和毛病，毕竟这些缺点和毛病并不会对公司的利益和你个人的发展构成威胁。如果你善于体谅和宽容的话，那么，你就会看到同事身上的优点比缺点多，你也就能与同事更好地相处，你的工作就会轻松得多。

公司是一个讲究团队合作精神的地方，你必须有全局意识。如果你遇事不够宽容，那么给人的感觉就是你是一个目光短浅和心胸狭窄的人。这种只看重眼前利益的人在现代职场上不会有什么太大的作为。所以，在同事有缺点的时候，你不要尖酸刻薄地直接指出，而要采用一种幽默的方式，这样既容易被人所接受，也是对他人的一种尊重和礼貌。

其实在工作中，同事之间发生争执是难免的，有时还会搞得不欢而散甚至使双方结下芥蒂。发生了冲突或争吵之后，无论怎样妥善地处理，总会在心理、感情上蒙上一层阴影，为日后的相处带来障碍，所以，最好的办法还是尽量避免冲突。

其实，人与人相处，最重要的就是彼此之间的尊重和礼貌。作为团队中的一员，我们或许更应该在与同事的相处中时刻保持一颗幽默的心，即使他人犯了错，存在缺点，也不妨幽默一下，或许这样能收到更好的效果。

第二章

领略语言的幽默智慧

不可不知的幽默技巧与方法

1. 歪释曲解法

歪解能造成幽默。 所谓歪解，就是歪曲、荒诞的解释。一本正经地从事实出发，从科学出发，从常理出发，那就找不到幽默。 只有以一种轻松、调侃的态度，随心所欲地对一个问题进行自由自在的解释，把两个看似毫不沾边的东西捏在一起，这样才能造成一种不和谐、不合情理，却出人意料的效果。 在这种因果关系的错位与情感和逻辑的矛盾之中，幽默的效果就出来了。

2. 引申发挥法

有时，歪解从某一角度看，可以显得若有其事，几乎可以自圆其说。 歪解变成正解，自然没有多少幽默可言，但是，荒谬在这里仍然存在，只是人们没有发现，如果再把这一句歪解来一个"举一反三，引申发挥"，荒谬得以突现，歪解的幽默效果也就放大了。

3. 曲用谲辞法

所谓曲用，是指在特定的语境中临时借用基本定型的语言材料，如词、语、句、篇等，赋予它全新的甚至与本义相反的意义，实际上，曲用也就是歪曲地引用，但引用在引述原文时不改变原义，曲用改变了原义。 正是这种改变，让听者有一种不一样的感觉，继而发出会心的微笑。

请看一则对话：

有个工人问厂长室秘书。

"厂长看戏怎么总是坐前排？"

"带领群众。"

"可看电影他怎么又坐中间了？"

"深入群众。"

"来了客人，餐桌上为啥总有我们厂长？"

"代表群众。"

"可他天天坐在办公室里……"

"傻瓜，相信群众呗！"

秘书正是用"曲用"之法进行歪解。

还有一则笑话：

某人犯了偷窃罪，被官府戴枷立街示众。有人问他：
"你到底犯了什么罪？""唉！"那人长叹一声，委屈地回
答，"人倒了霉，喝水都要塞牙的。昨天我偶然在地上
见到一条草绳，心想以后会有用，就随手拾了起来，这
就给人捉住了。"问的人十分奇怪，又问他："拾了一条
草绳就算是犯罪吗？"那人这才继续说："最倒霉的是绳
子的那头，还绑着一头牛哩！"

无独有偶，西方也有一则幽默对话：

法官："你被指控犯什么罪？"

被告："过早地采购圣诞物品。"

法官："那并不犯法。你什么时候买圣诞物品的？"

被告："商店开门之前。"

在这里，两个犯人都是用谲辞对自己的行为进行歪解和诡辩。

4. 谐解智辩法

歪释曲解沦入末流，那是胡搅蛮缠，不会让人觉得幽默，反而觉得可憎、可鄙。歪释曲解上一层次，就成了谐解智辩，虽然仍有歪曲，却让人感到机变百出，幽默异常。

请看几个例子：

英国侦探小说家克里斯蒂的第二个丈夫是一位考古学家。有人问她："为什么找考古学家做自己的丈夫。"

她说："对于女人来说，考古学家是最好的丈夫，因为妻子越老，他越爱她。"

这显然是歪解，但却是充满了智慧的歪解。

旅客："真让人受不了，火车老晚点，你们的时刻表干什么用的？"

列车员："如果没有时刻表，你们就不会知道火车晚点了。"

5. 依样画瓢法

模仿、依样画瓢往往能有幽默的效果。下面再看一些具体例子：

父亲语重心长地告诫儿子："无论说话、处世、待人接物，都应留有余地，切忌把话说死了，把事做绝了！"

儿子大惑不解："怎样才是留有余地呢？"

父子俩正谈得起劲，碰巧有位邻居来借几件家用的东西。父亲将邻居打发走了之后，便以这件事为活教材启发儿子。

"比方说，刚才人家来借东西，你既不能说样样都有，也不能说样样都没有。最稳妥的说法是，也有在家的，也有不在家的。这样说，就留有余地了。我儿来日方长，对待天下诸事若能照此类推，包你万无一失。"

儿子恍然大悟。

第二天清早，有位客人来到门口，问道："你父亲在家吗？"

儿子想起昨天父亲的教诲，赶紧回答："也有在家的，也有不在家的。"

这则故事之所以幽默，在于做儿子的自以为得了秘籍真传，不看场合，不看对象，生搬硬套。

所谓仿词套句，是指故意仿照现成的词语、句子、篇章而拟出某一新的词语、句子、篇章，这样旧瓶装新酒，会显得很不协调，滑稽可笑，从而产生很强的幽默感。

马年伊始，几个朋友相聚一室，对主人挂历上印刷精美、栩栩如生的《奔马》图发生了兴趣。大家对徐悲鸿非凡的艺术才能赞叹不已，其中一位脱口而出："各位知道徐悲鸿画马成功的诀窍吗？徐悲鸿画马之所以如此传神，关键在于四个字：胸有成马！"

一言既出，众人大笑。

很清楚，这"胸有成马"是仿拟成语"胸有成竹"而来的。侯宝林的相声《给你道喜》中，有一段：

甲："你不会跳舞？"
乙："我会跳六。"

这里的"跳六"是根据跳舞的"舞"的谐音"五"仿拟而来。

要注意，仿词套句时，无论是局部仿拟，还是整体仿拟，原来的句式和部分词汇要保留。这是为了使仿拟的痕迹十分清楚，一看就知道仿拟的是什么。唯其如此，才能使人一看就想起原句的文字，回忆起原句形式上的"常规"，再在和仿句中新内容的对比中发现不协调的"变异"，幽默效果也才会产生。

在讽刺对方的错误时，自己仿制一个更大的、更明显的错误，将错就错，让对方从你的错误中认识到自己的错误，这种依样画瓢的方法非常幽默。

甲说："我家有一面鼓，敲起来，百里外也可以听到。"

乙说："我家有一头牛，在江南喝水，头可伸到江北。"

甲连连摇头："哪有那么大的牛？你在吹牛！"

乙说："你怎么连这点都不懂？没有我这么大的牛，就没有那么大的牛皮来蒙你的鼓。现在，正因为有了我这么大的牛，才会有牛皮蒙你的鼓呀！"

看，乙比甲"吹牛"更厉害，更荒唐，也正因如此，才能揭露出甲的谎言。

古时一位僧人大讲轮回报应，宣称杀一牛一猪，来世就变为牛、猪。有人插言道："如此说来，最好去杀人。"僧人惊问缘由，答道："唯其如此，来世才可再变成人。"

这一回答，以对方的逻辑为依据，依样画瓢，既幽默机智，又显示出对方逻辑的荒谬性，从而否定了对方的理论。

6.痴人说梦法

有一个农民想买一匹马，他来到卖马的人那里。

"我这匹马非常好，"卖马的人说，"它一口气能跑上二十里地。"

"一口气跑二十里，不，不，这匹马我不要！"农民说。

"为什么？"

"为什么？我的家离市场只有十五里路，这样，每次我还得步行走回五里路。"

一位孕妇在路上行走，一个小女孩走过来问她："阿姨，您的肚子为什么这么大？"

"因为肚子里有了孩子啊！"

"阿姨，您是怕麻烦吧？"

"啊，为什么？"

"您嫌孩子抱着不方便，就把他放进肚子里了吧。"

这种孩子的天真，可不是装出来的，是地道的痴言傻语说真话。本来是一种天真，但在某些场合，真话却会变成一种傻话。

列车员："先生，醒醒，你的车票呢？"

乘客："车票？我没有。"

列车员："没有？那么你要去哪儿？"

乘客："我哪儿也不去。"

列车员："那你为什么上这列火车？"

乘客："我在车站遇到这列火车，听到你在大声叫喊'请大家赶快上车'，于是我不得不走进车厢。"

这也是大实话，不过说出来却很好笑，显然是乘客的迷迷糊糊逗乐了我们。

园长："作为动物园的管理员，你对工作实在太不负责任了。"

管理员："何以见得?"

园长："你昨天为什么没有关老虎笼子?"

管理员："噢，园长，我想，这样凶猛的动物是没有人敢偷的。"

关老虎笼子，并不是防止有人偷老虎，而是防止老虎跑出来伤人。管理员说的是大实话，却只是一个方面的大实话，严重的一面他没有想到，这反映了他的痴傻，增添了我们的笑料。

有一个人卖蟑螂药，吹嘘说："保证只只死，不死包退钱。"

许多人买了回去用，一点也不见效，第二天来质问他。他说："你们忘了拿用法说明书啦!"

于是，大家都领了一份说明书，那上面写着："每只蟑螂灌一茶匙，包死!"

这样做自然是药到蟑螂除，看来卖主没有说假话，但这却是废话。不过，此例倒看不出卖主的痴傻，或者可以这样说，叫大傻若智、大智若傻。

不仅真话、实话有时可能变成痴话、傻话，就是一些巧言智语也会由于时间、地点、条件、对象等的变化，常常变得弄巧成拙。

一个推销员因为丢了差事而怨天怨地。

朋友问他：“是不是因为你没有做好宣传？”

“不，”他答道，“我对每个人都说，我们的产品永远走在别人的前面，走在时代的前面。”

“你推销的是什么？”

“手表。”

应该说，这段宣传词的本义不错，但用来宣扬手表却是大错特错。手表，永远走在前面，那不成了次品吗？倘若宣扬其他产品，倒可显出“领导新潮流”的气派。用来宣扬手表，这是弄巧成拙。

世界上最愚蠢的人，并不一定是那些智商低下者，而往往是那些自以为很聪明的人。他们说了傻话，做了蠢事，还自以为得计。他们往往骂别人是笨蛋，殊不知自己才是一个笨蛋，看这种妄人的表演，常常让我们觉得好笑。

请看下面的例子：

银行经理把一沓钞票交给一位新来的出纳员去点数，让他看看够不够一百张。

这位出纳员数到第五十八张，就把那叠钞票撂下不数了。

银行经理诧异地问：“为什么不数了？”

出纳员满不在乎地说：“数了这么多都没有错，我想数到底大概也不会有错的。”

这个"聪明"的傻瓜，用他的言行，为我们制造了笑料。

一位妇女请人来家修电视机。电视机刚修好，她听到丈夫回家开门的声音，便急忙对修电视机的人说："对不起，我丈夫回来了，他最爱吃醋，你最好先藏起来，然后再趁他不注意的时候溜掉。"

修电视机的工人闻后，不得已只好藏在放电视机的桌子下面。

丈夫进家后，一屁股坐在椅子上看起电视来。电视里正转播足球赛。丈夫看得津津有味，而藏在桌子下面那个修电视机的工人却又闷又热。终于，他实在熬不下去了，从电视机下面钻了出来，从夫妻俩面前走过，打开门，扬长而去。

丈夫盯着这个人走出去，大感不解地看着电视机，再看看妻子，说："亲爱的，我怎么没有看见裁判把这家伙给罚下场呢？他就自动退场呢？你看见这家伙受罚了吗？"

看来，这个丈夫是个不折不扣、货真价实的球迷。他的"大感不解"，实在令人开怀大笑。

这个世界上，有很多我们不明白的事物，不了解的道理，当我们面对它们时，难免产生一些新奇、惊愕的感受，幽默也就在此时形成了。

7. 旁敲侧击法

"旁敲侧击"式的幽默法，也就是暗示幽默法，即对事物表达自己的看法，不是通过直说，而进行曲说，并达到幽默的效果。

从前有个人请客，酒席间有一客人，刚一举杯就放声大哭。主人忙问："老兄为何临饮而哭？"客人回答说："我平生爱的是酒，如今酒已死了，为何不悲不哭？"主人笑道："老兄差矣，酒怎么会死呢？"客人故作沉痛的样子说："既然没死，为啥没有一点酒气？"于是满座哗然。

客人发现主人不用好酒待客，不直说，而以故意放声大哭诱发主人的疑问：为何临饮而哭？ 客人还是不直答，而是风趣地说：酒已死了。 这又引出第二句：酒怎么会死呢？ 这时客人才解答疑句：说酒死是因为它没酒气。 这样设歧引疑，旁敲侧击，真可谓迷离藏趣，令人会心而笑。

一天，阿凡提去朋友家做客。那位朋友是个爱好音乐的人，他拿出了各种乐器，一件一件地演奏给阿凡提欣赏。中午过了，阿凡提早就饿得难受，那位朋友还在没完没了地拨弄乐器，并问道："现在世界上什么声音最好听？是独塔尔还是热瓦甫呢？"阿凡提回答说："朋友，现在世界上什么声音都比不上饭勺刮着锅的声音好听呀！"

如果阿凡提说："我肚子都快饿扁了，你还没完没了地摆弄乐器干什么?"虽然直接,却显得不得体,所以他及时接过话题,临时用"饭勺刮锅的声音"与音乐家的乐曲声作对比,其实是以此暗示对方该是进午餐之时了。由于转折自然,表达得含蓄而幽默,在不损害对方自尊心的前提下令对方愉快地得到了暗示。

人们在日常说话中,由于某些原因,需要避讳,于是出现了讳言婉语。从某种角度看,讳言婉语实际上是一种巧妙的暗示,有时会有幽默的效果。

8.衬跌扑空法

"衬跌扑空"就是思想倾向的偏离,由于它打破了常规,偏离了定势,常给人一种恍然大悟的惊喜感、悬念打开后的轻松感。

为了便于掌握这种技巧,以下分类探讨:

(1)偏离常规

人们平常说话,起承转合都有惯常的方式。如果违反这些方式,会被认为语言不畅。但是,故意制造一点儿语言不畅,往往可以获得幽默。

(2)抑扬碰撞

所谓"抑扬碰撞",即利用人类思维定式、事物间的矛盾、新旧观念的矛盾达到喜剧性效果的一种幽默技巧。抑扬的碰撞可以在对方或欣喜或紧张的心理期待的陡然落空中给人以强烈的幽默感。

(3)真相大白

有一个算命先生自称"铁嘴神算"。据说,他不需要人家开口，就能知道吉凶。

一天，一个老头来算命。"铁嘴神算"看他一副愁眉苦脸的样子，就说："我看你家境不好，经济困难。"

老头摇摇头。

"是晚年丧妻吧?"

老头又是摇头。

"那么一定是儿孙不孝?"

还是摇头。

"铁嘴神算"连猜不中，有点发慌了，又一口气说了许多不吉利的事情，但是老头还是摇头不止。"铁嘴神算"一点办法都没有了，不得不恳求老头说出为什么要来算命。老头这才告诉他："三天前我得了个摇头病，不知道什么时候才能治好。"

这个答案太出人意料了! 猜测与真相的反差太大，悬念之弦绷得太紧，结果却全是另一件事。 幽默往往在真相大白之时产生。

（4）跌入陷阱

设置陷阱也能造成衬跌扑空。 在这里，陷阱往往就是悬念，就是人们的期望。 我们试图解开悬念、试图实现期望的时候，正是一步一步往陷阱走的时候。 当悬念解除，期望来到时，我们也跌入了陷阱。

（5）正反对比

俗话说：不比不知道。 对比能使我们在平凡中发现特异，在正常中发现荒诞。 对比还形成了差异，造就了矛盾，如果把人生比作舞台，对比使我们看到了不同人对自己角色的演绎，看到了同一个人在不同场景中的表演，我们在观看演出时，常会发出会心的微笑。

（6）相关对比

所谓相关对比，是指将两个相似的对象加以对照，从而发现其中的趣味性、荒谬性与哲理性。

"上星期，一粒沙子钻进了我太太的眼睛，看医生花了三块钱。"

"那算什么！上星期，一件皮大衣钻进我太太的眼睛，我花了三百块钱。"

男人的抱怨在这种相关对比中得以"升级"。

（7）巧换词序

语言的次序，往往都是按照一定的习惯排列的，但在实际生活中，常会有这种现象：说话人有时只要把原有的话语词序调换一下，不另增添新的词汇，就能产生出新的意义，在原有句子的映衬下，显得造语新奇、意境深远，从而给人留下幽默的印象。

（8）自相矛盾

主观与客观反差太大，或互相矛盾，容易产生幽默的效果。且看：

一个男青年给他的女朋友写信，信中写道："亲爱的，为了你，我可以毫不犹豫地跳入深渊；为了见到你，我会克服任何困难……星期天我准备到你那儿去，如果天不下雨的话……"

信誓旦旦地说要克服任何困难，一场雨却能使他止步，言行不一致造成的矛盾令人捧腹。

（9）精心设喻

并不是所有的比喻都能有幽默的效果。比喻也有新奇与陈旧、巧妙与平庸之分。有一位作家说过，第一个用鲜花比喻美人的是天才，第二个用鲜花比喻美人的就成了庸才，第三个用鲜花比喻美人的，简直就是蠢材。同样，只有新奇与巧妙的比喻才能造成幽默。比喻，是语言艺术中最美丽的花朵。比喻，能把精辟的理论寄寓于摹形拟象的描绘之中，化抽象为形象，既给人艺术上的美感，又给人哲理上的启迪。寥寥数语，就能言尽理之深蕴，这就是比喻的魅力和功效。

9.金蝉脱壳法

所谓金蝉脱壳法，是指在我们身处窘困之境时，主动运用各种富有迷惑性的手法，转移对方的注意力，岔开自己不便回答的问题，使对方不明白我方的虚实和动向，从而让我方及时地摆脱困境，化险为夷。

（1）移花接木

有一次，有位领导人在京召开记者招待会，介绍新中国的经济建设成就。一位西方记者提问道："请问，中国人民银行有多少资金?"这位领导人听出其弦外之音，风趣地答道："中国人民银行的货币资金嘛，有××元××角××分。"全场记者愕然，场内鸦雀无声。他接着又解释道："中国人民银行发行面额××元、××元、××元、××元、××角、××角、××角、××分、××分、××分的十种主辅币人民币，合计××元××角××分。中国人民银行是由全中国人民当家做主的金融机构，有全国人民做后盾，信用卓著，实力雄厚。它所发行的货币，是世界上最有信誉的一种货币，在国际上享有盛誉。"一番妙语，惊动四座，激起全场听众热烈的掌声。

（2）嫁难于人

所谓嫁难于人，是指把难题巧妙地踢给别人，让别人穷于应付，而我们乘机从逆境中摆脱出来。

（3）顺水推舟

所谓顺水推舟，是指在别人的攻势面前，把握其意图和要害，表面上因势顺从，实际上，以"四两拨千斤"的手法，引诱对方孤军深入，一直引向荒谬的极端，然后出其不意地突然逆转，集中火力杀回马枪，使对方在原先暗自欣喜的境况下受当头一棒而晕头转向。在这种强烈的反差中，喜剧性的幽默产生了。

（4）曲解回避

所谓曲解回避，是指避过对方话题的锋芒，从对方意想不到的另一角度来理解和回答，使对方既得不到好处，也抓不住我方把柄，从而摆脱对方的纠缠。

（5）暗度陈仓

所谓"暗度陈仓"，是指失误造成难堪时，将错就错，错中设下转机，创造一个暗中纠正失误的机会，从而解脱困窘。

（6）还施彼身

有一则笑话很有意思。

一个美貌的年轻姑娘独自坐在酒吧里。

一位青年男子走过来。"这儿有人坐吗?"他低声问。

"到阿芙达旅馆去?"她大声说。

"不,不。你弄错了。我只是问这儿有其他人坐吗?"

"你说今夜就去?"她尖声叫,比刚才更激动。

青年男子被她弄得狼狈极了,红着脸到另一张桌子上去。许多顾客愤慨而轻蔑地看着他。

过一会儿,年轻姑娘到他桌边,给他叫了一杯白兰地。她轻声说:"对不起,我只是想看看你对意外情况的反应。"

这回轮到青年男子大声叫起来:"什么? 要美元?"

年轻姑娘在大庭广众之下捉弄青年男子,这玩笑开得未免太损,青年男子被众人视为嫖客,这面子丢得实在太大。好在青年男子终于抓住一个机会,以彼之道,还施彼身,让众人以为这年轻姑娘不过是一个妓女,使她也出了一次丑。

在火车站候车室里,一个中年男人见身边坐着一位美丽少妇,很想和她搭话。他见少妇穿一双肉色丝袜,便嬉笑着问道:"请问你这双丝袜是从哪儿买的? 我想给我妻子也买一双。"

少妇看了他一眼,说:"我劝你最好别去买,穿着这袜子，不三不四的男人会找借口跟你妻子搭讪。"

这句回答太妙了。用幽默的语言，转个弯来斥责他，使他哑口无言，无以应答，又无从找机会再问下去或发火。

10.反弹琵琶法

幽默需要创意。缺少新意的幽默就如同陈词滥调，不可能长久引起人们的兴趣。由于幽默的这个特性，它就格外地需要喜欢幽默的人多发掘自己的创造力，标新立异、出奇制胜。反弹琵琶，正是一种创新的方法，它不仅能在平凡中发现不平凡，有时甚至能化腐朽为神奇。以下我们将对这种方法进行探讨。

（1）反话正说

日常生活中，我们常会听到或见到一些反语。这些反语把社会上那些稀奇古怪的现象抽出来、罗列出来，任加评点、嬉笑怒骂，皆成文章。所谓反语，包括反话正说和正话反说。反话正说，是指明褒实贬，表面肯定，实质否定。

（2）正话反说

在生活中，甚至是外交场合的对话中，庄重严肃的话题也并不一概排除诙谐幽默的多种语言表达方式。相反，只要运用巧妙，有时还会收到庄重直言未能实现的效果。

正话反说，还是情人们打情骂俏的一种主要语言表达方式。俗话说：打是亲，骂是爱。人们常用正话反说的方式表达自己对对方的爱意，融洽双方的感情，活跃气氛，制造幽默。生活中这样的例子实在太多了。

11.制造荒诞法

荒诞，也就是荒谬怪诞，不合常规，不合情理，不切实际，稀奇古怪。确实，如果世界上的一切事物都处处符合常规常理，我们很难再找到幽默。幽默大师卓别林说过："所谓幽默，就是我们在看起来是正常的行为中觉察出来的细微区别。换句话说，通过幽默，我们在貌似正常的现象中看出了不正常的现象，在貌似重要的事物中看出了不重要的事物。"幽默的言外之意正暗示着现实的荒谬。

（1）离奇夸张

让我们再看看几个"离奇夸张"的例子：

一位姑娘因失恋而茶饭不思，形容憔悴，她的一位女友这样安慰她："你看你，越来越瘦了，再这样瘦下去，我就把你挂在晾衣绳上，给我当衣裳架子。"说得她破涕为笑，心里轻松了许多。

这也是一种离奇的夸张，想象奇特，产生了幽默的效果。

运用夸张制造幽默，离不开丰富的想象力。只有那些具有卓越的想象力的人才能使夸张这种很平常的修辞方法产生出令人惊叹的幽默效果来。

（2）强推归谬

强推，也就是强行推理，这种推理主要是为了达到某种目的，而达到这个目的的过程、条件是不符合逻辑、不合乎情理的。正因为不符合逻辑、前提虚假，所以得出的结果是不真实的，是荒谬的。

有意模仿，幽默自然来

有许多为我们所熟知的语言，都可以被我们巧妙地拿来模仿，以收到幽默的效果。

当年张艺谋的《红高粱》一炮打响，影片中那首《酒神曲》顿时传遍神州大地。小品《换大米》就有意模仿了这首歌曲，并对此歌进行了改写，赋予了它全新的内涵。

与此同时，还有人模仿这首歌曲，唱出了一首很有幽默和讽刺意味的新歌："花高价，买名酒，名酒送礼赶火候。喝了咱的酒，不想点头也点头；喝了咱的酒，不愿举手也举手；喝了咱的酒，党纪国法一边丢。一四七，三六九，九九归一跟我走，好酒，好酒！"

唱着这首模仿来的歌，对社会上的不良风气进行辛辣的讽刺，竟收到了大快人心的效果。

平时我们在与别人交谈的过程中，也常常有意模仿别人的说话，并有意夸大其中的可笑成分，让身边的人都笑起来：

张三有好几天没洗澡了，身上都长了虱子，正在人群中和大家说话，突然觉得很痒，他就伸手在衣服里摸了一把，捏住了一个虱子，悄悄丢在了地上。

看见李四在盯着他看，张三就故作轻松地一笑，说："我还以为是个虱子呢。"

李四走过来，把虱子从地上捡起来，拿到眼前认真地看了一会儿，然后笑道："我还以为不是个虱子呢。"

李四对张三语言的模仿，就是很有幽默感的。他故意学着张三的口气来说，却在张三的原话中故意多加了一个"不"字，就形成了强烈的对比，使幽默的气息扑面而来。

比这种语言模仿更进一步的，是对别人话中所包含的思维方式的模仿。如果发现原话中有明显的荒谬之处，就可以模仿这种思维方式，引申出更荒唐的意思，使原话不攻自破。

有一年，某县大旱，有个农民向县太爷报告说灾情相当严重，请求减免赋税。

县太爷问："玉米收了几成啊？"

农民说："只有三成。"

县太爷又问："麦子收了几成啊？"

农民说："也只有三成。"

县太爷再问："那么稻谷呢？收成怎么样？"

农民说："可怜死了，还是只有三成。"

县太爷一拍桌子，吼道："大胆！明明有了九成的丰收，你却谎报灾情，该当何罪！"

农民一听，急忙辩解说："大人，我活了一百五十多岁了，九成的灾年还是第一次遇到。"

县太爷愣住了："什么，你是在胡说八道吧？你能活一百五十多岁？"

农民说："我今年七十二岁了，大儿子四十三岁了，小儿子三十八岁了，合起来不就是一百五十多岁了吗？"

县太爷怒道:"大胆刁民,哪有你这样算年龄的?"

农民回道: "青天大老爷,哪有你这样算收成的啊?"

故事中的县太爷计算年成,有意使用了荒谬的思维模式,农民也模仿着这种思维方式,推算出了自己的年龄,与现实形成了极大的反差,幽默感就会自然出现了。

断章取义的幽默学问

断章取义，指的是不顾全篇文章或谈话的内容，孤立地取其中的一段或一句的意思。也就是说，所引用的是与原意不符的。而用这种方法产生的幽默，就是通过对字、词、句等要素不恰当的判断产生荒诞意义的幽默技巧。

为了真正明白什么是"断章取义"，我们可以从日常生活中常见的事情来认识一下，比如一些媒体很会对某个名人或者重要人物的话断章取义，以达到增加轰动效应、吸引读者眼球的效果。

一位大使被派驻纽约，记者们团团围住了他，并提出了一连串的问题。第一个问题是："您想去夜总会看看吗？"

大使心里想，他应该回避这个问题才对，于是他淡淡一笑，反问道："纽约有夜总会吗？"第二天早晨，大使起床后看到报纸大吃一惊，只见报纸上登出了他接受采访的那篇报道，报道有一个非常醒目的标题："大使的第一个问题：纽约有夜总会吗？"

这就是典型的断章取义。每一个看到这篇报道的读者的第一反应可能都会是吃惊、好笑……从报道的标题上人们很容易得出这样的结论：大使在询问纽约哪里有夜总会，看来这个大使也不是什么正经人啊！可事实上大使的意思根本不是这样，而且恰恰相反，但就因为记者的断章取义，让人们得到的结论与说话人本来的意思大相径庭，甚至截然相反。

这种手法使用在幽默中，会因为对字、词、句等要素不恰当的判断而产生荒诞的幽默效果。

　　有一次，马克·吐温和主张一夫多妻制的人争论一夫多妻制的问题。

　　马克·吐温说："一夫多妻，连上帝也反对。"

　　那位问："你能在《圣经》中找出一句禁止一夫多妻的话吗？"

　　"当然可以，"马克·吐温说，"马太福音第六章第二十四节说：谁也不许侍奉二主。"

马克·吐温是个幽默大师，在这里，他使用的正是断章取义的说法。很显然，"谁也不许侍奉二主"的真实意思显然和他所说的一夫多妻制是没有联系的，但是他巧妙地断章取义，附会于自己所说的问题上来，并且自圆其说，以此来佐证自己的观点，进而产生了幽默的效果。

断章取义幽默技巧的关键在于能否荒谬断章，经过你的断章后所产生的意义与本义相差越远或越荒诞，就越幽默。它的目的性隐含于这种"断章"中，有时你也可以根据你的需要"恰当"断章，当你的需要由于你的"断章"而被表明或被满足时，幽默的情趣就油然而生了。

一个远近闻名的大吝啬鬼财主叫伊哈给他当雇工。

"好哇，可你给我多少工钱呢?"

"工钱?"财主眉头一皱，"我给你吃喝，给你住，给你穿，怎么样?"

机灵的伊哈眼珠一转就一口答应了下来，并写下契约。人们都为伊哈捏了一把汗，因为那个老吝啬鬼可恶着呢!

当天晚上，伊哈吃了些东西，躺下睡觉，一直睡到第二天上午十点钟，还没起床。财主大发雷霆，跑来训斥他:"喂，你想睡多久? 我看你是发神经病了吧?"

"咱俩究竟谁发神经病呢?"伊哈说，"我吃了喝了，又住下了，现在遵照契约，正等着你来给我穿哪!"

吝啬的财主当然不会白白养活伊哈，无非是想用管吃、管住、管穿来抵消工钱而已，但聪明的伊哈用断章取义的手法，用幽默的智慧戏耍了吝啬、奸诈的财主。

断章取义幽默技巧在日常生活中可以经常用到，只要断得巧、断得妙，开怀一笑之余，也会为沉闷的生活抹上亮丽的色彩。

望文生义幽默法

文字的不同排列便形成了不同的意义，而意义的不同排列便形成了不同的效果。

望文生义法是只按照字面去牵强附会，而不探求其确切的含义，即明知故错地只按照字面理解词义，得到与原解释截然不同的结果，使说话显得十分诙谐的幽默技巧。

十年动乱中，有位姓张的干部在"批判会"上被诬为"两面派"，谁知他淡淡一笑，答道："刚才有人说我是'两面派'，这使我十分奇怪！请看我的脸：皮肤是这样黑，颧骨是这样高，两颊是这样瘦，鼻梁是这样低，嘴唇却这样厚。双眼无神，两耳招风……"他指着自己的脸，风趣地说，"让革命群众一起评一评吧，如果我还有另一张脸，是什么'两面派'的话，我会用这张脸吗？"

一句俏皮话，引得听众哈哈大笑。诬陷他的打手狼狈不堪，他因而平安度过"批判会"。

这番话中，使用了望文生义幽默法，即从"两面派"的表面字义来理解，明知故错地把它解释成"有两张面孔的人"，再郑重其事地"摆事实，讲道理"，证明自己并没有两张面孔。由于这一点是众所周知的事实，他却煞有其事地去论证，刻意费力，显得滑稽可笑，十分幽默。

　　有位同志主持会议，开宗明义地宣布："今天的会议十分重要，研究全厂改革大计，故应明令禁止说普通话。"

　　听会者不禁愕然：普通话是宪法规定的必须大力推广的民族的共同语言，为什么要禁止呢？不说普通话，莫非要说方言或英语不成？

　　望着众人迷惑不解的目光，主持人这才缓缓解释说："所谓普通话，就是指那种普普通通、平平庸庸、四平八稳、不痛不痒、没有独到见解、缺乏实际内容的套话、空话。这种话难道不应禁止吗？所以，我提议在今天的会上，大家一定要说切实有用的话！"

　　听到这里，众人才恍然大悟，全场大笑，鼓掌表示赞同，主持人巧用望文生义幽默法，开场白极富幽默感，既点出会议的宗旨，又活跃了会场的气氛。

　　望文生义幽默法是一种巧妙的幽默技巧。运用它，一要"望文"，即故作刻板地就字释义；二要"生义"，要使"望文"所生之"义"变异得与这个"文"通常的意义大相径庭，还要把"望文"而生的义，引向一个与原义风马牛不相及的另一个内容上，从而在强烈的不协调中形成幽默感。因为所有的幽默，从总体上说，都是来源于不协调。

　　幽默是美德和智慧的集中反映，又是知识和能力的综合表现。您要想变得富有幽默感，就得重视自我培养。

大词小用幽默法

凡是可以说的，就能明白地说；凡是不可以说的，对它就必须沉默。

所谓大词小用幽默法，就是运用一些语义分量重、语义范围大的词语来表达某些细小的、次要的事情，通过所用词的本来意义与所表述事物内涵之间的极大差异造成一种对比失调的关系，由此引出令人发笑的幽默来。请看下面的例子：

> 某校一次年级老师会议上，最后一个议题是决定学生春游的具体时间和地点。老师们各执己说，意见纷纷。最后，某老师提议利用三天时间带领全年级学生同游青城山。这个提议很快得到了"共识"。
>
> 在一片笑语欢声中，年级组长正色且大声地说道："老师，'疾风知劲草，国难识忠臣'，我是坚决拥护您的，跟着您寸步不离。头可断，血可流，到了山上也绝不把您丢！"

一个普通得再普通不过的人，面对一件极小的事情和说不上是"七品芝麻官"的年级组长，竟说出了类似文革中"站队"的言词，且用上了只有对领袖才用的词语。这些"重大"的词语突然"屈尊"于这轻松、随和的语境，显得极其不协调。然而正是这种"大"与"小"，"重"与"轻"的情、境对比的失调，才创造了幽默的韵味，活跃了交际气氛。

将一些用于庄重场合的比较严肃的语言运用于表现"凡夫俗子"的日常生活，这是大词小用幽默法的精妙技巧。

著名演员赵本山主演的获奖小品《相亲》，就有这样的台词："你打小归父母，出嫁了归丈夫管，老了又归儿女管，你啥时候能给自己承包一段，自己说了算？"

还有："儿女的信，父母看就是领导审查。"

在这里，作者把"承包""领导审查"这些政治经济生活中的术语，巧妙地运用到普通的日常生活中。观众的笑声、掌声便证明了它的幽默与魅力。

有一作者撰文介绍著名演员葛优时说："燕京饭店附近有一座高楼，其中一套住着一个前额是'广阔天地大有作为'的小伙子，他叫葛优。"

这里把当年用于号召知识青年上山下乡的"毛主席语录"用来形容葛优的形象，既让人想到他的高额大脑的长相，又让人联想到他的成功的喜剧表演艺术以及他大有可为的远大前程。

在社交活动和日常生活中，类似把男女恋爱关系的结束戏称为"绝色外交关系"，把参加工作后的第一天上班谓之"走马上任"，甚至把患"妻管严"的丈夫对妻子的谈话戏谑为"早请示、晚汇报"等等，都属于大词小用幽默法的类型。

大词小用幽默法作为幽默技巧之一，随着它在日常生活和现代社交活动中的广泛应用，给人们的生活带来越来越多的欢乐和笑声。

汉语的词汇极为丰富。词义、感情有褒有贬，色彩有庄有谐，范围有大有小，语意有轻有重。这些，在运用时都应考虑周到，稍有疏忽就会出错。譬如，当你在形容一件小事时，偏偏选用了表示范围大、语意重的词，就会造成大词小用。不过，在一些语境当中，故意把大词小用也能产生出意想不到的幽默效果。而且，这种幽默的应用范围极其广泛，即便你没有幽默细胞，也能运用这一方法轻松地幽上一默。

在与人交谈时，适当使用大词小用幽默法，可以让笑料层出不穷，逗得大家捧腹不已。下面列举几个示范故事，认真揣摩一下，你就能发现其中的奥妙。

一次，朋友带着妻子和儿子来冯骥才家拜访，双方相谈甚欢。

正谈话间，冯骥才突然发现，朋友的孩子穿着鞋子跳到了他雪白的床单上，可朋友和妻子并没有看见。冯骥才不忍床单被踩踏，连忙微笑着对朋友说："请把孩子带到地球上来吧。"

经冯骥才提醒，朋友这才发现孩子闯了祸，连忙大笑着说："好，我和他商量商量。"

孩子穿鞋跳到床单上，这是很让人抓狂的行为。不过，冯骥才没有表现出不满的言辞或情绪，因为这样可能导致双方尴尬。所以，冯骥才玩了个大词小用的花招，把"地板"换成了

"地球"，这样话语所表达的意味就大不相同，那淘气的孩子似乎成了一个宇宙战士一般，他的鞋子和床单之间的矛盾就被淡化了许多，孩子的"新身份"成功地掩盖了一切。 这样双方会心一笑，问题迎刃而解，谁都不会觉得尴尬。

　　一次，郁达夫请朋友上饭馆吃饭。他害怕弄丢了钱，就把钱塞在了鞋垫底下。

　　饭毕，郁达夫大大方方地脱了鞋子，从鞋垫底下抽出几张钞票，准备去结账。朋友见到这一幕十分不解，疑惑地问："你这是？"

　　"哎！"郁达夫风趣地说，"这个东西过去一直在压迫我，现在也该轮到我压迫它了！"

把钱塞到鞋垫底下，这看起来多多少少有点"失身份"，可郁达夫并不感觉尴尬，反而来了个大词小用，幽默地调侃了自己一番。 在郁达夫的话语中，"压迫"二字是政治术语，本应用到庄重而严肃的场合，可郁达夫却拿来自嘲，用来解释自己把钞票藏在鞋垫底下这种无足轻重且滑稽可笑的小事，让人在轻松一笑中感受到了他的率真和可爱之处。

　　大词小用的幽默方法比较易于掌握。 首先，你可以尝试把一些意义重大，经常在大场合、大事件等语言环境中使用的词语，用来描述一些细小的、次要的事情。 这种错位使用，可以使所用词的本来意义与所述事物的内涵形成巨大差异，造成一种词不符实、对比失调的关系，从而破坏了平衡，产生了幽默效应。

　　比如，你和好友不再来往，你就可以说已经和他"断交"。 而后来，你们又和好如初，你便可以说"我们又恢复了外交关系"。 这样用分量重、语义广的词语来描述小事情，可以使你的话听起来非常好笑。

需要注意的是，大家在"大词小用"的问题上不能太拘泥，应根据自己的理解灵活运用。

譬如一位平凡的美国妇人，她称赞自己的儿子比林肯总统还要聪明。她说："我的儿子6岁就会念《葛底斯堡演说》了，可林肯到50岁时才会念。"《葛底斯堡演说》是林肯在南北战争期间所作的一篇著名演说，至今仍被广泛传颂。这位妇人当然清楚自己的儿子未必比总统更高明，但是她很为儿子开始学习总统的演说词而高兴，便故意采用这种夸张的方式赞赏儿子。

除了大词小用，我们也可以适当尝试小词大用、贬词褒用和褒词贬用等等，使用得当也能产生同样的幽默效果。 譬如有人形容自己爱看书，而且年龄越长越爱书，就说自己的"野心"随着年龄"膨胀"，开始了"殖民扩张"，各种图书都成了他的涉猎对象等等。 "野心膨胀""殖民扩张"本属于政治术语，常用在权术、侵略、战争之中，带有一定的贬义色彩。但这里用它形容对书的喜爱程度，反而产生出诙谐幽默的效果。 当然，用词的技巧不止这些，大家也可以举一反三，创造属于自己的独特幽默。

借语作桥幽默法

借语作桥幽默法是指交谈中，一方从另一方的话语中抓住一个词语，以此为过渡的桥梁，并用它组织成自己的一句对方不愿听的话，反击对方。

作为过渡桥梁要有一个特点，那就是两头相通，且要契合自然，一头与本来的话头相通，另一头与所要引出的意思相通，直到天衣无缝为止。

英国作家理查德·萨维奇患了一场大病，幸亏医生医术高明，才使他转危为安。但欠下的医药费他却无法付清。最后医生登门催讨。

医生说："你要知道，你是欠了我一条命的，我希望有价报偿。"

"这个我明白，"萨维奇说，"为了报答你，我将用我的生命来偿还。"说罢，他给医生递过去两卷本《理查德·萨维奇的一生》。

理查德的幽默比向对方表示拒绝或恳求缓期付款要有趣得多。其方法并不复杂，不过是接过对方的同语（生命），然后以歪解。把"生命"变成"一生"。显然，二者在内涵上并不一致，但在概念上能挂上钩，且达到了幽默的效果。

借语作桥幽默法的功能很多，不一定都用于斗智性的戏谑，也可用于一般性的调侃。 其特点是抓住对方话头中的一个词语，构成一个无任何攻击性的句子。

　　"借语作桥"在于接过话头以后，还要展开你想象的翅膀，敢于往脱离现实的地方想，往荒唐的、虚幻的地方想。 千万别死心眼，越是敢于和善于"胡说八道"，越是逗人喜爱。

"醉翁之意不在酒"的幽默技巧

汉武帝到了晚年做起了长生不老的美梦。

一日上朝，他对群臣说："相书上说，一个人鼻子下面人中越长，寿命就越长。人中长一寸，这个人就能活一百岁，不知是真是假？"

东方朔听了这话，突然哈哈大笑起来。汉武帝大怒，喝道："你怎么敢嘲笑我？"

东方朔连忙跪下，恭恭敬敬地回答："我怎么敢嘲笑皇上呢？我只是在笑彭祖，他的脸太难看了。"

汉武帝惊奇地问："你怎知彭祖长得难看？难道你见过他？"

东方朔说："彭祖是上古仙人，我哪有福分见到他？但据说彭祖活了八百岁。如果真像皇上说的，他的人中就有八寸长，那么，他的脸岂不是有丈把长吗？"

汉武帝听了，也哈哈大笑起来。

东方朔不愧是智者，他利用幽默的语言，巧妙指出相书上的漏洞，同时也讽刺了汉武帝的荒唐，连正在发怒的皇帝也不禁哈哈大笑起来。

劳动人民在长期的生产劳动中创造出了丰富的语言。这些精妙的语言不仅为人们交谈提供了便利条件，同时也具有很高的审美价值，散发着永久的艺术魅力。语言表意的准确性、丰富性、形象性，也是其他任何事物所无法比拟的。

这种"望文生义"的方法不仅可以用于自我调侃，还可以用在别人身上，以达到讽喻他人的效果。直接指出对手的错误有时会伤及脸面，在这种情况下，就可以将计就计，利用字的谐音来制造"醉翁之意不在酒"的效果，既不会伤对方的面子，又能显示自己幽默的魅力。

谐音是幽默语言技巧中常用的一种方式，即利用词语的同音或近音条件构成双重意义，使字面含义和实际含义产生交叉。谐音双关以语音为纽带，将两个毫不相干的词义联系在一起，制造出讽刺嘲弄的幽默效果。

国民党统治时期，苛捐杂税多得像牛毛。辛亥革命后，皇帝虽被赶下了台，人们改呼"皇帝万岁"为"民国万岁"，以为从此天下太平，而事实却是军阀混战，贪官横行，民不聊生。撰联大师刘师亮编出"民国万税，天下太贫"的对联。

此联的讽刺效果堪称一绝。确实，民国不能"万岁"，但却有"万税"；天下不太平，只有"太贫"。

将某种讥讽以曲折、含蓄的方式表达出来，使人领悟到其中深层次的含义。以这种方式代替直叙的表达方法，易被人接受，又引人思考。

在有些场合，相同意思的话用幽默的语言来表达，效果会大不同。诙谐暗讽中声东击西，言在此而意在彼，更能巧妙地传达自己的想法，以达到说服他人的效果。

对方至少要熟悉你所歪曲的经典的原意，同时他能够明白你是故意歪曲的。 如果你所面对的是一个达不到这种水平的人，那么你的幽默就达不到预想的效果了，那就必然导致幽默感的丧失。

巧用谐音与别义突出幽默效果

巧用谐音是指在一定的语言环境中，利用语句的别义或者谐音等关系，有意识地使语句具有双重意义，言在此而意在彼。这种方式含蓄委婉、生动活泼，又幽默诙谐、饶有趣味，能够给人以意在言外之感，又使人回味无穷，因而经常为人们在论辩中所使用。

1. 利用谐音

利用语言文字同音的关系，使一句话涉及两件事情或者两种内容，从而表达作者所要表达的意思，便是利用谐音。

（1）打碎一桶（统）还有理

有一次，明朝文学家解缙一不小心把金銮殿上两只玉桶中的一只给打碎了。一件传国之宝被毁，于是有佞臣禀告皇帝，说解缙想造反。皇帝大怒，问为什么打碎玉桶，解缙答道："为了万岁的江山。"告状者说："打碎玉桶，明明是要造反。"解缙连忙借助于同音词的谐音关系说："天无二日，民无二主，只有一统（桶）江山，哪有二统（桶）江山？"皇帝一听，连称"打得好打得好"。解缙的罪名，自然也就无从谈起了。

（2）皇帝忍渴，臣子吃梨

乾隆皇帝一次微服私访，代大学士纪晓岚伴驾前行，两人都走得口干舌燥，纪晓岚就在一棵梨树上摘一颗梨独自吃了。乾隆皇帝生气地说："孔融四岁能让梨，爱卿得梨为什么就不让呢？"纪晓岚知道自己失了礼，赶紧解释说："梨者，离也。臣奉命伴驾，不敢让梨。"乾隆皇帝又说："那分给我吃口梨也好啊！"纪晓岚于是也借助于同音词的谐音关系说了："臣哪敢与君分梨（离）呢？"乾隆皇帝咽了咽口水，对纪晓岚却没有办法。

2. 利用别义

在论辩中，当遇到棘手的问题不好回答或者不能回答，利用歧义往往能够收到出人意料的效果。

（1）阿凡提复仇记

阿凡提在闹市租房开美容店，租期一年，房东每次理发都不给钱。有一天，房东又来了，阿凡提照例给他剃了光头，边刮脸边问道："东家，眉毛要不要？"房东不快，说："废话，当然要！"阿凡提于是"唰唰"两刀，把房东的两道眉毛剃了下来，说："要，就给你吧。"房东气得说不出话来，埋怨自己不该说"要"。这时，阿凡提又问："喂，胡子要不要？"房东忙说："不要！不要！"阿凡提于是又是两刀，把房东苦心蓄养的大胡子刮下来，还把它甩到了地上。就这样，阿凡提言在此而意在彼，把房东整治得无可奈何。

（2）轰炸机与维生素

　　当年美国总统里根决定恢复生产 B－1 轰炸机，引起了许多美国人的反对。在记者招待会上，里根面对责问侃侃而谈："我只知道 B_1 是人体不可缺少的维生素，我想我们的武装部队一定也需要这种不可缺少的东西。"如此妙言，竟然使得那些反对者一时不知所措。

（3）鸳鸯蝴蝶派

　　有一位农村小伙子和一位姑娘暗暗相爱，都羞于直接表白。一天，两人在田间相遇，姑娘灵机一动，指着在花间飞动的蝴蝶问小伙子："你说为什么只见蝴蝶恋花，不见花追蝴蝶呢?"小伙子一时发懵，突然又明白了对方的意思，于是表达了对姑娘的爱慕之情："花怎么能追蝴蝶呢?"这位姑娘的无疑而问，自然令对方思考到别义，话语巧妙，既实现了完美的表情达意，又不丢脸面。

旧瓶装新酒的幽默法

汉语中一词多义、一音多字的现象是十分普遍的，这就给幽默的引申提供了广阔的空间。我们可以把这些有一定关联的词语联系起来，从这个意思引申到那个意思，造成出人意料的结果。

我们都知道，在汉语中，同音字、近义词大量存在，多的有几十个，少的也有三五个，这些字音、字义相近的状况给语言的幽默运用提供了巧妙的新方法。即使某两个字的读音完全相同，但字形、字义却相差很远，在严密的著作里和严肃的场合中，都是不允许混用的。但幽默恰恰不管这些，它可以仅仅根据双方字音的相同、字义的相近，就不管三七二十一，把它们的意义也有意等同起来，由这个意思自由地跳到那个意思上，以引申出全新的内容。

古时候有一个大财主姓朱，本来是个很粗俗的人，却偏偏要故作文雅。他家新来了个小猪倌，来给他家养猪，他就特意把他家的规矩给小猪倌交代一番。

这套规矩是相当烦琐的，比如他的姓与"猪"同音，是不能叫的，应该叫成"自家老爷"；还有，"吃饭"要说成"用餐"，"睡觉"要说成"就寝"，"生病了"要说成"患疾"，"病好了"要说成"康复"，"人死了"要说成"逝世"，"人犯法被杀了"要说成"处决"，等等，都要求尽量说得文雅一些。

小猪倌把这一切牢记在心。第二天，猪圈里有一头猪得了瘟病，不吃不喝，小猪倌就跑去向朱老爷报告："不好了，有个'自家老爷'不肯'用餐'，不肯'就寝'，想必是'患疾'了，看样子只怕不容易'康复'，不如就把它'处决'了吧。"

朱老爷听得脸色铁青，半天说不出话来。小猪倌见他这副模样，就接着说下去："如果不想'处决'，要不了两天，'自家老爷'就会'逝世'了……"

在这则小故事里，小猪倌有意借用"朱""猪"字音相同的特点，把该用在人身上的词语都统统用在了猪身上，对故作文雅的朱老爷给予了辛辣的讽刺，使人不由得捧腹大笑。

唐朝皇帝姓李，听说道教始祖老子也姓李，就有意抬高道教、压低佛教。有个叫法静的和尚胆大包天，竟跑去见皇帝，明确表示反对。

皇帝大怒，将法静定为死罪，把他打入死囚牢中，并告诫说："你开口佛法无边，闭口我佛如来，那好，我就给你七天时间，你好好去念佛，临刑时看佛救不救你！"

在这七天里，皇帝天天派人去牢里看法静是不是在念如来。回报的人说法静整天闭目静坐，口中念念有声，就是听不清在念什么。

第七天到了，法静被押上刑场，皇帝问："你的佛念得怎么样了?"

法静笑着回答说:"这七天我没有念佛,天天都在念皇帝陛下。"

皇帝觉得很奇怪,就问为什么。

法静说: "陛下就是我佛如来,我佛如来就是陛下!"

皇帝听了,顿时心花怒放,说道:"好,既然如来就是朕,朕就是如来,那就赦你无罪吧。"

看来,不管是凡夫俗子,还是一心向佛的和尚,都是免不了向人说好话的。法静奉承的功夫确实相当了得,居然把皇帝与如来融为一体,既抬高了佛教,又吹捧了皇帝,引申得既别出心裁,又机智幽默。

巧妙套用，点石成金显幽默

对那些大家都知道的句子，我们可以随时拿来套用。由于脱离了原有的语言环境，放在新的环境中，就形成了有趣的对照，这些句子往往具有了新的含义，给我们新的感受。

比如，儿歌是很有意思的，我们试来对照一下这两首儿歌，看看自己会有什么感受。

"爸十三，妈十四，哥哥十五，我十六；我从外婆的门前过，外婆睡在摇篮里哭，我喂她一口糯米粥。"

这首儿歌，充满了荒诞色彩。再来看下面一首儿歌：

"小小子，好好干，干好请你吃鸡蛋，鸡蛋里边放炸弹，炸死你个小坏蛋。"

这两首儿歌单独讲出来，都能把我们逗笑，如果把它们同时讲给大家听，在这有趣的对照面前，大家该会变得怎样的前仰后合啊。

在"文革"时期，有一句名言，叫作"革命不是请客吃饭"。过了数十年后，有一天，在一次酒宴上，老张听着领导喋喋不休地致辞，大谈工作中的成绩，就是没有开宴的意思，不由得心中不满起来。

他站起来，对领导说："请客吃饭不是革命，我们是不是先解决吃饭问题？"

领导大笑，于是酒宴就在欢笑声中开始了。

老张套用了"革命不是请客吃饭"这句俗语，幽默地表达了自己的不满，改变了当时的现状，在笑声中达到了自己的目的。

石董桶是我国南北朝时期北齐高祖皇帝身边的幸臣，他具有很高的幽默才能，能给大家带来笑声，因此齐高祖特意把他选入宫中，让他来给自己取乐。

这天，齐高祖给大家出了个谜语，谜面叫作"卒律葛答"，在现代汉语里的意思是"疙里疙瘩"。其他人都猜不出来，石董桶却猜中了，是煎饼。

齐高祖再叫大家出谜，让他来猜。石董桶就出了个谜语，还是"卒律葛答"。

齐高祖愣住了，想这个谜面必定还有一个更奇的谜底，就用劲猜了好一会儿，却还是想不出来，只好问石董桶谜底是什么。

石董桶笑了，说："是煎饼。"

齐高祖质问他说："你为什么把我的谜语又搬来重用呢？"

石董桶说："陛下，我只不过是借着你的热锅，再来煎一个我的煎饼罢了。"

齐高祖被逗笑了，周围的其他人也哈哈大笑起来。

石董桶套用了齐高祖的谜语，却给齐高祖一个措手不及，因为在我们的思维习惯里，类似石董桶这样的出谜，必定蕴含着一个新的谜底，因此齐高祖才会向别的方向去想，以至于苦苦思索，就是找不到答案，等到谜底揭开之后，大家才发现，石董桶不过玩了一个套用的把戏罢了，由于与预定的想法有了反差，才有了幽默的效果。

古时候，有一位太守上任，百姓们一连几天演戏庆贺，大家齐声欢呼："全州百姓齐庆贺，灾星去了福星来！"

太守听老百姓把前任太守骂成灾星，却把他当成福星来欢迎，很是高兴，忙问："这两句词写得好极了，是哪位高手写的啊？"

百姓们回答说："这是多年来形成的老规矩，新太守上任的时候都要这么喊。等太爷您离任、下任新太守上任的时候，我们还是要这样喊的！"

这样的套用名为赞颂，实为讽刺，赞颂与讽刺的强烈反差，就构成了幽默的氛围，令人笑得合不拢嘴。

有个人的亲家母死了，他就托村里的秀才写一篇祭文。秀才图省事，从书中抄了一篇来应付。拿给他一看，却是一篇祭亲家翁的文章，于是，他就找到秀才，对秀才说："写错了。"

秀才说："不可能错的，文章是从书上一字不差地抄下来的，岂有错的道理？是不是你家把人死错了？"

秀才的死不认错、强词夺理，给我们带来了幽默的感受，同时也提醒我们，不恰当地套用现有的句子和文章，是会闹出笑话的。

　　套用现有的句子，表面看来比较容易，但实际上也是需要具备敏锐的观察力和敏捷的思维习惯。 那些现有的句子往往大家都很熟悉，要想达到现搬现用、出其不意的效果，就必须好好动一番脑筋，往大家都不曾想到的方向去努力，才会达到幽默的目的。

急中生智，暗示中的幽默技巧

办事就少不了用嘴来说话，在生活中总会有大量的话不可以直接说出来，话里带出来就行了，更有一些不能直言的话，需要用暗示来表达。 于是便有含沙射影、巧妙暗示之说。 其实，巧妙暗示也是一种幽默的方式。

所谓"才思敏捷，妙趣横生"就是说人们在匆忙面对问话时，能够充分调动全身的智慧，寻求"急"中产生的灵感，以巧妙的暗示话语来产生令人信服的"智慧"灵光。

求人办事，如果你不便直接说出来，或者觉得说出来有损面子的话，在自己需要帮助的时候，不妨让脑子多转几个弯，把自己要说的话说得妙一些，语气曲折委婉，巧妙暗示，给所求之人下一个让他无法拒绝的"套子"，从而让你如愿以偿。

在求人办事的方法中，巧妙暗示是一种特殊的方式，指的是暗示者出于一定的目的，而采用一定的方法，含蓄、巧妙地向对方发出自己需要帮助的信息，以此来影响对方的心理，使对方不自觉地接受一定的意见、信念，并最终改变其行动。

一个小男孩站在低低的柜台面前，眼睛一直盯着一盒打开了的巧克力饼干。

"喂，孩子，你想干什么？"食品店老板跟他打趣道。

"哦，没什么。"

"没什么？我怎么觉得你想拿一块饼干啊。"老板说。

"不，你错了先生，我是想尽量不拿。"小男孩顽皮地回答。

此时，老板不禁被这个男孩的机智和可爱逗得哈哈大笑。于是，这位老板就送给男孩一盒饼干，作为"嘉奖"。

在这个故事里，这个聪明的小男孩正是利用了一语双关、巧妙暗示的幽默技巧。本来对美味望眼欲穿，馋得直流口水，想得到那块美味饼干，但他并不直说，而是直话曲说，"实话"巧说，从表面上去看似乎否定了老板的话，实际上等于将自己的意图变了个方式，巧妙地表达出来而已。面对这种请求的方式，人们多半是无法拒绝的，这就是令人"防不胜防"的巧妙暗示幽默术。

在生活中，巧妙暗示的幽默总是可以给人们带来很多意想不到的好处。比如在求人办事时，大家应该注意的是：直话直说不是幽默，巧妙暗说才显得幽默无比；实话实说也不能算作幽默，将实话"虚说"才能称为上乘的幽默。幽默与现实生活通常只有一步之差，而问题的关键就在于你如何实现二者的巧妙过渡。

很多商场中人是巧妙暗示的高手，他们总是可以借助这种幽默的方式来达到自己的目的。

费南度是一个犹太商人，在一次旅途中他遭遇歹徒，结果被歹徒抢得一干二净。没办法继续前行，他只好到附近教区会馆找到会长，请求会长给自己指点提供安息日食宿的家庭。

会长查看了一遍登记本，发现已经不能再对他安排了。于是，会长遗憾地对他说："这个星期五，经过本镇的路人特别多，每家每户都安排有客人，不过，只有经营金饰店的老板修美尔家没安排客人。因为他一向都不喜欢接纳别人、为别人提供安息日食宿，如果你不介意的话，可以去尝试一下。"

费南度思考片刻，对会长说："好的，我有办法让他接纳我的。"于是，他很自信地向修美尔家走去。恰巧，修美尔做完祈祷归来。费南度把修美尔神秘地拉到一旁，从大衣口袋里取出一个沉重的小包裹交给他。这时，费南度放低声音，对他说："砖头大小的黄金能卖多少钱呀？"

修美尔顿时眼睛放光，但已经到了安息日，安息日是不可以谈及生意之事的。修美尔心想：如果让他走了，他很可能去找其他经营金饰的同行，那岂不是失去了赚大钱的机会？这时，他机灵地对费南度说："这个东西一时难以估价！在这个安息日，你就住在寒舍，等到安息日后再谈吧。"

在犹太教里，有这样一个规矩，每周第五天日落至第六天日落这二十四个小时叫作安息日。在这期间，人们不可以从事任何谋生工作，更不能谈生意。

在安息日的这一天，费南度在这个金饰商人家里受到了热情而又周到的款待。可是，待安息日一过，修美尔就迫不及待地催促费南度把金子拿出来让他瞧瞧。

　　这时，费南度故作惊愕之状，对他说："咦，什么
金子银子呀？我只是想知道砖头大的金子到底值多少钱
而已！"

在这里可以看出，费南度的"暗示"让对手上当的技巧真
可谓技高一筹。他在一个不谈生意的时候，问了一个似乎是生
意上的问题，结果使修美尔把他的"随便问问"当作一宗大买
卖。费南度利用这种巧妙的暗示，使对手心甘情愿地上了钩。

巧妙暗示是聪明人经常使用的手段，用另一种方式表达出
你的意思，不仅能达到幽默的效果，还能让你由被动变主动，
达到自己想要的结果。世界是无序的，任何事物的发生都是必
然性与偶然性的统一。这就是说，生活中我们经常要面对一些
突如其来的事情，让人不知所措。但面对"急"来的事情，我
们如果能够沉着应对，急中生智，往往能够带来意想不到的
效果。

第三章

荒谬中尽显幽默技巧

荒唐中的幽默智慧

在生活中，有一些人是很荒唐的，他们由于这样那样的原因，常常做出一些荒唐的事情，令人啼笑皆非，给我们带来了幽默的感受。

有这么一则幽默故事是讽刺那些只会死读书，实际却一无所获的书呆子的：

古时候有两个秀才科考失利，只好失望地结伴回家。走到一座城池外，看到城墙垛口高低不平，两人顿时诗兴大发，其中一个吟出一句："远看城墙锯锯齿——"

另一个秀才听了，立刻摇头晃脑地接了一句："近看城墙齿齿锯。"吟完，两人不由得连声感慨，痛哭起来："天啊，以我们这样的高才，居然不能高中，考官们真是瞎了眼……"

两人正哭得天昏地暗，有一个农夫赶着马车正好从他们旁边经过。农夫问明缘由，又听了两人吟的诗句，就蹲下身子，也大哭起来。

两个秀才一见，非常感动，想人家与自己素昧平生，竟然对自己给予如此同情，真是太难得了，自己还有什么好伤心的呢？

两人连忙上前劝解，就听农夫边哭边说："老天不公啊，我的地贫得种不下庄稼，急得到处找肥料，可眼看着你们两人装满一肚子的臭屎，我却没办法掏出来。"

看到此处，我们怎能不为故事中三人的荒唐而大笑不止呢？从两个秀才吟的诗中，我们可以看出，他们实际上都是大草包，书算是白念了，科举落榜正是他们的必然结局。但荒唐的是，他们偏偏自我感觉良好，误认为自己是天下少有的奇才。农夫一眼看出了他们的草包面目，讽刺他们肚中装满了臭屎，却又想出了用这些臭屎给自己的地做肥料的荒唐主意，而更为荒唐的是，农夫还为这个主意无法实现而大哭起来。

我们都知道，这样荒唐的事情是不可能在生活中发生的，但苦读一世、一无所得的书呆子在生活中却是经常见到的，于是就故意把这种现象向荒谬的方向进一步发展，使这些人的荒唐在幽默中显得更彻底，荒唐到我们都无法容忍的地步，才能促使这些人尽快清醒过来，走上正常的生活轨道。

再看一个类似的例子：

有个农学院的学生毕业了，兴高采烈地回到家乡，正看见伯伯在果园里移植果树。

于是他就故意卖弄自己的才学，告诫伯伯说："你没有看过书上是怎么讲的吗？这样移植是很不科学的。照这样干下去，如果这棵树能结五个苹果，我就会大吃一惊的。"

伯伯像看一个外星人似的看着他，然后说道："吃惊的不光是你，还会有我呢，因为这是一棵桃树。"

农学院的毕业生居然分不清苹果树和桃树，却要以专家的面目去对果农指手画脚，这是多么荒唐的事情啊。幽默就此产生，我们想不笑都不可能了。

强词夺理的幽默效果

在课堂上，物理老师问学生："打雷的时候，闪电和雷声同时发出，为什么我们却先看到闪电，后听到雷声？"

学生一下子蒙住了，这个问题他可不会回答，这可怎么办呢？他灵机一动，突然想出了一个答案，就回答道："因为我们的眼睛都长在耳朵的前边。"

这样的回答自然是错误的，但却具有了幽默的效果，使我们会意地笑起来。

在自己不知道如何回答的时候，或是在自己完全不占理的情况下，想出一个明显错误的理由来回答，就能逗得大家哈哈大笑，那么，自己的困境就会扭转了。

有两个人外出游玩，他们走了很远的路，刚坐下来，就看见有一只蜗牛向他们爬了过来，很快爬到了他们面前。

其中一个人看着不顺眼，就伸脚把那只蜗牛踩死了。

另一个人就问："干吗踩死它？它招你惹你了吗？"

那人说："当然招惹我了。这只蜗牛整整跟了我一个早上，要多烦人就有多烦人。"

这样的回答明显是在强词夺理，因为以蜗牛的爬行速度，是绝不可能跟随他一早上的，由于他的话与事实有了强烈的反差，于是我们就产生了幽默的感受。

狄更斯到河边钓鱼去，钓了大半天也没钓上一条鱼，他非常失望。正在这时，有个人走了过来，而且还与他攀谈起来。

狄更斯丧气地说："今天运气真差，鱼就是不上钩，昨天我在这里不长时间，就钓上了十几条鱼。"

那人严肃地问道："真的吗？"

狄更斯肯定地点点头。

那人立刻掏出一个本子，说："我负责守护这片水面，这里是不许钓鱼的，如果有人私自钓鱼，就要受到处罚。"

狄更斯一下子傻眼了，但他很快想出了一个办法，就急忙辩解说："我叫狄更斯，是写小说的，你知道吧？我的职业就是虚构故事，刚才我又犯了职业病，向你虚构了一个故事，你千万别当真。"

狄更斯钓鱼触犯了规定，为解脱自己，他就强词夺理，把明白无误的事实说成是自己的虚构，但由于他紧密联系了自己的职业特点，故意把现实生活中的失误说成是职业病的重犯，因此也就具有了幽默的味道。

强词夺理，故意制造谬论，展现生活中荒唐的人与事，就会造成无理的情趣，把强烈的幽默效果带给我们。

引申原意，使其显出荒谬之处

如果原意并不荒谬，在原话所包含的意思中也难以发现更有趣的歧义，那么，我们就可以在原意的基础上加以引申，突现一定的荒谬意义，与原意形成鲜明的对照，让幽默不期而至。

学校组织春游，在一个风景区里，中学生们玩得兴高采烈。由于男女生的兴趣很不相同，所以他们总是分开来玩。女学生们穿着游泳衣在阳光下走来走去，显示自己的身材。而男学生们则卷起裤子，跳到河里捉鱼去了。

有两个男老师坐在一块大石头上看着这一切。其中的一个老师感叹说："我都记不得自己上中学时是怎么样的了，不知道我念中学时，女孩子有没有这么成熟。"

另一个老师毫无疑义地说："当然有了，只不过你当时在忙着捉小鱼罢了。"

男生捉小鱼，女生在游泳，这样的生活场景本身并不荒谬，是习以为常的，那个大发感慨的男教师的话中也很难找到有趣的歧义，于是善于幽默的另一位教师就有意把这种生活场景加以引申，把它搬到数十年前，与男教师当年的春游生活形成对照，以呈现一定的荒谬色彩，一个小幽默就形成了。

还有一种现象，就是所要表达的意思并不荒谬，也并不显得多么有趣，但为了具有幽默效果，就特意把这样的意思分开来说，使前后所表达的意思形成对照。在别人听来，就会先产生误解，然后再得知原委，恍然大悟之余，笑声就产生了。

在我国五代时期，有两个大臣，一个叫冯道，另一个叫和凝，其中冯道的性子很慢，而和凝则是一副急脾气。

这天，和凝看见冯道脚上穿了一双新靴子，就问花了多少钱。冯道慢腾腾地抬起一只脚，说："九百文。"

和凝听了，非常生气，回身就骂自己的仆人："你替我买的那双靴子，为什么花了一千八，贵了一倍？"

看见和凝怒发冲冠的样子，冯道还是不紧不慢，又抬起另一只脚，慢条斯理地说："你急什么嘛，这只靴子也是九百文。"

两个性子不同的人凑在一起，常常是会闹出一些笑话的，这个故事就是一个最好的例证。如果冯道直截了当地讲出靴子的价钱，就不具有幽默感，而他故意把这层意思分开来说，先使和凝产生误解，最后再揭出谜底，与本来要表达的意思形成有趣的对照，一种荒谬的幽默效果就出现了。

对原意进行歪曲解释的方法是很多的，只要我们胸怀幽默，对生活善于发现，就会更灵活地运用这种方法，给自己、给他人带来更多的笑声。

扩大荒谬感，增强反差

对方说的话中有荒谬的成分，哪怕是显而易见的，我们也用不着急于反驳。直截了当地揭示出来，固然显示了自己认识的高明，但却展示不出幽默的情趣，严重的甚至还会伤及对方的颜面，造成双方关系的紧张。

在这种情况下，最高明的策略莫过于故作糊涂，先肯定对方的观点，然后再运用幽默的逻辑进行演绎，以得出一个更荒谬的结论，让大家听了都捧腹大笑。

最初的荒谬也许并不那么显眼，甚至会被大家都习惯性地接受，经过我们荒谬的演绎后，荒谬成分就会变得触目惊心，使大家无法接受了。同时，演绎后的荒谬与现实生活的反差也会百倍的强烈，幽默的效果就会百倍的显著。

约翰到酒吧喝酒，问服务员说："先生，喝一杯白兰地酒，要多少钱？"

"在柜台上喝是四美元，"服务员回答道，"如果你在柜台旁边喝，交两美元就可以了。"

约翰说："看来，如果我到外面去喝，便可以免费了。"

服务员的话中有一定的荒谬成分存在，但却并不明显，能被大家顺理成章地接受。经过约翰的进一步演绎，荒谬成分就十分鲜明，变得无法令人认同了，而幽默感恰恰就在这种情况下出现了：

游客拦了一辆出租车，问司机："到火车站多少钱？"

司机说："12 元，行李免费。"

游客说："请你把这些行李送到火车站，我自己步行赶去。"

司机的话是正常的，但却隐藏着我们所忽略的荒谬成分在内。游客把其中的荒谬成分加以演绎，使荒谬得以放大，就使人忍不住想大笑一番了。

在阿拉伯流传着这样一个幽默故事。

有一个农夫因为一场官司，被县官抓去坐牢，可是播种季节就要到了，家里的地无人去挖，无法播种，农夫的妻子在家急得抓耳挠腮。

农夫想了一个主意，给妻子写了一封信："亲爱的，你千万不要告诉别人，在咱家的地里，我偷偷地埋藏了两罐金子。"然后，农夫请差役把信送给他的妻子。

几天后，妻子回信说："奇怪，两天前来了一群人，把咱家的地都挖过了，现在我已经播了种，请放心。"

农夫在万不得已的情况下写了一封荒谬的信，差役们信以为真，对荒谬给予了完全肯定，于是做出了更荒谬的事情，替农夫挖了地，解决了农夫的燃眉之急。

先有了对方的荒谬，再有了我们荒谬的进一步演绎，就把令人无法容忍的荒谬呈现在大家面前，与活生生的事实构成极其强烈的反差，使幽默的情趣无限生动地来到了我们身边。

用更进一步的荒谬返还对方

如果对方的话本就十分荒谬，我们用义正词严的方式加以反驳也是可行的，只是往往要闹得势不两立，造成的负面影响要大得多。在这种情况下，我们可以模仿对方的荒谬表达方式，来故意制造另一种更荒谬的意思，返还给对方，使对方自食其果。

把这种策略运用于亲朋好友间，就有了调笑的气氛，密切了双方的关系；运用于敌对的还击上，就增强了还击的效果，使对方束手无策。

有一个放牛娃给一个吝啬的财主放牛，还干了许多杂活，但一日三餐财主只给他吃些残汤剩饭，放牛娃问为什么，财主却说："你年纪小，吃不吃不要紧。"

第二天，放牛娃砍了些水杨柳，编成牛嘴笼子套在所有小牛的嘴上。财主看见了，生气地责问道："你怎么不让小牛吃草啊，小牛什么时候才能长大呢？"

放牛娃说："主人，你不是说，年纪小，吃不吃不要紧吗？"

财主无言以对，从此再也不敢让放牛娃吃残汤剩饭了。

财主说"年纪小，吃不吃没关系"是荒谬的，放牛娃就用同样荒谬的方式，不让小牛吃东西，还击财主，使财主尝到了苦头。这种还击是多么有力，又是多么机智、多么富有幽默情趣啊。

　　作家正在书店里看书，医生走过来说："先生，这些书你都看过吗？"

　　作家说："大部分没看过。"

　　医生说："这么多书你都没看过，怎么能写作呢？"

　　作家说："你把所有的药都尝过吗？"

　　医生说："没有。"

　　作家说："那么多药你都没尝过，怎么能开给病人吃呢？"

医生对作家的责难是荒谬的，因为会写作的人并不一定要把所有的书都看完。作家没有对这种荒谬给予正面反驳，而是模仿了医生的推论方式，制造了另一种同样荒谬的事实，即不把药全部尝一遍的医生照样在给人看病。

以同样的荒谬返还给对方，使对方的荒谬加倍地释放出来，幽默情趣就会更浓厚，反击力度也会更强烈。

　　战国时期，齐国大臣晏婴因机智善辩、言辞犀利而闻名天下。

　　有一次，他出使楚国，楚王故意为难他，指着两个犯偷盗罪的人问道："这是两个什么人？"

　　楚国大臣故意回答道："是齐国人。"

楚王便回过头来看着晏婴责问道:"你们齐国人有偷盗的爱好吗?"

"不,没有。"晏婴答道。

"那么,眼前这两个齐国人,你又作何解释呢?"

"大王肯定听说过,橘子生长在江南,到江北就变成枳,这是因为江南江北的水土不同。这两个人在齐国不偷盗,到楚国来就偷盗,由此可见,是楚国的水土使他们变成这样了。"晏婴答道。

楚王的刁难是荒谬的,晏婴用"水土不同使齐国人在楚国变成了贼"的论断来还击,虽说十分荒谬,但却令楚王有口难辩,楚王打出的巴掌最终却落到了自己身上。

双方都是荒谬的,就看谁的荒谬程度更出格、更奇特。只有在对方的基础上更上一层楼,才能把荒谬的意思更有力地返还回去,既造成了幽默的效果,又达到了人际交流的实际目的。

从荒谬到荒谬,有意制造一种无理的情趣,就会给生活增添许多笑声。不过,需要我们注意的是,尽管所运用的推论方式是荒谬的,却也具有一种荒谬的严密性,造成了一种荒谬的真实,从而与生活的真实相对照,产生了极其强烈的幽默效果。

超级荒谬，这种幽默很实际

荒谬性的逻辑可以归结为一句话，即"无理而妙"，越是幽默，也就越带纯调笑性；纯调笑性越强，与某种切合实际的办法和道理的距离就越远。反过来说，越是一本正经地把道理讲得头头是道，也就越不幽默，越不幽默就越可能有某种现实推理的特点；越是有现实的推理性，幽默就越是让位给机智。

一位守林人在林中将一个狩猎者抓个正着。"你在干什么？"守林人声色俱厉地问道，"这里是严禁狩猎的，我要惩罚你。"

"哦，先生，我并不是来狩猎的，"狩猎者说，"说起来，实在是不幸，我本来想来这里自杀的。只是因为开枪时手抖得很厉害，不知怎么，子弹竟误落到了野鸭身上。"

狩猎者明白自己做了错事，为争取守林人的谅解，他采用了温和、幽默的方式，虽然这个谎话有些荒唐，但如此幽默的解释让对方实在难以严肃对待。

生活中，对于那些不好回答而又非常严肃的问题，如果我们长篇大论地阐述正当的理由，难免会有些乏味，弄不好还会惹对方不快，若是能以幽默的方式给予一个略有道理的解释，就很容易化险为夷。

有个人在市场上买了六只来自异国的麻雀，准备进献给本国的国王。按照这个国家的习俗，"七"是最吉利的数字。如果仅送六只，他担心国王会不高兴，于是他就决定混一只本国的麻雀进去，凑够七只一起献给国王。

国王见到七只麻雀，果然很高兴。但在他仔细玩赏后，有人提醒他，其中有一只是本国的麻雀，国王大怒："这是怎么回事？你故意加入一只本国的麻雀难道是在讽刺我孤陋寡闻？"那人早有准备，不慌不忙地解释道："陛下的眼睛果然厉害，可是陛下不知道，这只本国的麻雀是其他六只异国麻雀的随行翻译啊！"

国王一听，虽然他的话有些荒谬，但也理解了他的一片苦心，还是嘉奖了他。

从以上的两个例子中，我们不难看出，荒谬的要点在于违反常规、在于荒唐，可以说，越是荒唐越是能够达到幽默的效果。

传说，我国清朝有一位八府巡按患上了疑难杂症，虽看过许多医生，都未见效。一天，他因公坐船经过山东台儿庄，又犯起病来。地方官员即推荐一名当地有名的老郎中为他治病，郎中诊脉后说："你患了月经不调症。"巡按一听，顿时大笑，认为郎中是老糊涂了，医术根本谈不上高明，于是治病之事不了了之。

此后，每当闲暇之余想起此事，他就忍不住捧腹大笑。奇怪的是，时日一长，他的病竟然不治自愈了。过了几年，巡按又经过台儿庄，想起那次荒唐的诊断，特意找来老郎中，想取笑一番。不料老郎中却说："你患的病没有什么良药可治。所以我当时只好运用古籍中提到的喜乐疗法，故意说你患了月经不调症，让你常发笑，以达到治病的目的……"

在使用超级荒谬的幽默法时，如果一时找不到歪理，还有一个简单的技巧可以使用，那就是夸大其词，就是用荒谬夸张的话来表达幽默，使人倍觉趣味。夸张之所以能造成幽默效果，是因为这些话题与内容经过夸大之后，变得不合常理，大大出人意料，从而造成幽默效果。

盖伯打电话给物业公司，说他家屋顶有点漏雨，要求派一位修理工人过来维修。修理工人很快就过来了，按盖伯的指引好不容易才找到那个漏洞。

修理工人看着那个连拿着放大镜都不易找到的漏洞，非常不屑地问："你真细心，不过我非常奇怪，你是怎么发现这个比蚂蚁还小的漏洞的?"

盖伯察觉到对方的情绪，皱起了眉头，说："我也是偶尔发现的。昨天晚上，我坐在客厅喝汤，可是一连喝了两个小时，那碗汤都没喝完。"

风趣而颇有创意的回答引来修理工人的笑声，起到了愉悦气氛的作用，同时也明确暗示了修理工不要拿这小事不当回事，它已经影响到了我的生活，这显然比直接表达自己的想法更具幽默性和艺术感。

在日常生活中，我们常能见到一些爱吹牛的人，其实他们有时也会使用超级荒谬的方法来制造笑声：

有一个美国人和英国人在一起互相吹牛。

美国人说："我们美国人很聪明，发明了一种制造香肠的机器！这种机器真是神奇，只要把一头猪挂在机器的一边，然后转动机器的把手，那么，香肠就可以自动地从机器的另一边一条一条地转出来！"

英国人一听，不屑地说："这有什么了不起？这种做香肠的机器我们早就有了！你们美国人真是少见多怪！我们早就把这种机器改造得更加神奇了！"

"怎么神奇？"美国人问。

"我们新的制作香肠的机器，只要做出来的香肠不符合我们的口味，我们就可以把香肠放在机器的一边，然后'倒转一下'机器的把手，那么，机器的另外一边，就会跑出原来的那一头猪。"

上面故事中，美国人的话虽然也十分夸张，但英国人的话比美国人的话更能产生幽默效果，这是因为英国人的话带有更加明显的荒谬性，从而使整段话起了质的变化，幽默也就展现出来了。

生活中很多幽默的成功，在于对关键的地方，用语言进行恰到好处的夸张。你不妨也尝试使用一下这个简单的方法，在人际交往中提升自己的幽默形象。

幽默技巧之歪解原意

　　如果人们在任何场合的交际中没有任何的创新和变化，也没有奇巧和怪诞，要想取得幽默的效果是很难的。假如我们就某种现象进行说明或者就某个问题进行辩解时，讲出了别人没有想到的奇妙歪理，给人一种新奇的心理体验，相信一定能使人眉开眼笑、精神不禁为之一爽。用似是而非的荒唐道理去解释某种现象或问题的幽默方法，即是"歪解原意"。你看下面这段对话是不是很有意思。

　　　　"您认为牛皮最大的用途是什么？"
　　　　"做皮衣。"
　　　　"不对。"
　　　　"做皮鞋。"
　　　　"还是不对！牛皮最大的用途是把牛包起来。"

　　上面这个类似脑筋急转弯的幽默故事，其实就是"歪解原意"的一个具体运用，说话的时候我们用寻找新奇的表现角度的方法来解释正常的现象，回答一本正经的提问，可以给人一种耳目一新的幽默感。"答非所问"也是一种歪解原意的方法，有时候，利用这种"答非所问"的方法也能造成新鲜的幽默效果。下面一个对话就是这种方法的一个典型应用。

　　　　一人问道："鱼为什么生活在水里？"

智者答："因为陆地上有猫。"

这种"答非所问"与"偷换概念"有相同点，它们又有明显的不同之处，"偷换概念"重在"换"，需要有原来的东西和用来替换的东西两个因素，"偷换概念"在逻辑上是合理的。而"答非所问"重在一种新角度的回答，看似合理，其实是一种似是而非的歪解，仔细推敲就会发现其逻辑上不合理的地方。上面例子中，"鱼生活在水里"当然不可能是因为"陆地上有猫"，这样说虽然能够产生幽默的效果，却并不符合逻辑。

"歪解原意"虽然不合逻辑，可是这种技巧除了能够产生幽默效果外，有时候还能起到正面的说服效果。

从前，有一个人生了病，亲戚朋友都来探望他。他问大家："我可能快死了，但不知道死后的日子好不好过。"

一个客人马上回答："死后很好过的。"

他听后大吃一惊，急忙问那个客人为什么这么说。

客人解释道："很简单，如果死后过得不好，死者自然都纷纷逃回阳间来了。现在看来，一个逃回来的都没有，可见那里不是很不错吗？"

面对死亡，一般人都怀有一种恐惧感。上面例子中客人对死亡的幽默解说虽然是一种不合逻辑的歪理，可是能起到安慰病人的作用，减轻病人对死亡的恐惧心理，使病人在剩余的日子里能够更好地享受活着的幸福。

"歪解原意"的幽默技巧能给平淡的日常生活增添新鲜的活力。

歪解经典，制造幽默

歪解经典就是利用众所周知的古代或现代经典文章、词句作背景，然后做出歪曲、荒谬的解释，新旧词义之间距离越大，越滑稽诙谐。

在导致荒谬的办法中，喜剧性效果比较强的要算歪解经典，因为经典最具庄严意味，语言又多为人所共知，一旦小有歪曲，与原意的反差就分外强烈。

在我国，古典书籍多为文言，与日常口语相去甚远，通常情况下，不要说加以歪曲，就是把它译成现代汉语的口语或方言，也可能造成极大的语义反差，产生不和谐之感而显得滑稽。比如，一首唐诗中写到一个男子为一个姑娘所动而尾随之，写得很有诗意。可是，如果把它翻成现代汉语的"盯梢"，不但一点没有诗意，反而显得很不正经了。又如，一个语文工作者把唐朝这种轻薄青年翻译为现代汉语的"阿飞"，就变得极其滑稽了，这是由于古典诗歌的庄重或浪漫的词义在国人潜在的、共同的意识中是相当稳定的，在千百年中已经沉积在人们的无意识中，只要在语义上、风格上稍有误差，人们都十分敏感，以致在还没有来得及意识到为什么时，就可能忍俊不禁。

> 石董桶的故事在唐朝的《唐颜录》中很多，下面是
> 歪曲另一经典著作《孝经》的：
> 北齐高祖有一次会集儒生开讨论会，会上辩论很是

热烈。石董桶问博士道"先生，天姓什么?"博士想北齐天子姓高，因而回答："姓高。"石董桶说："这是老一套，没有什么新鲜。蓝本经书上，天有自己的姓。你应该引正文，不要拾人牙慧。"博士道："什么经书上有天的姓?"

石董桶说："先生，你根本不读书，先生不见《孝经》上说过：'父子之道，天性也'，这不是说得明明白白：天姓'也'吗?"

石董桶在这里歪曲经典的窍门是用了"性"与"姓"的音。特别是"也"在原文中是语气虚词，没有任何实义，石董桶把虚词违反规律地实词化了，显得特别牵强附会，因而也就特别滑稽。

歪理歪推的幽默感

"谬上加谬"法是把一种荒谬极端化或者把荒谬性层层演进的幽默技巧。它要求不但有幽默感，还要使幽默感的程度加大。这就要求幽默家把微妙的荒谬性扩大为显著的荒谬性，把潜在的荒谬性提高为摆在面前的荒谬性。

我国古代有个笑话：

> 有个人非常吝啬，从来不请客，有一次别人问他仆人他什么时候请客，仆人说："要我家主人请客，你非得等来世。"主人在里面听到了，骂出声来："谁要你许他日子。"

本来说"来世请客"，已经由于来世的不存在而不可能了，已经是彻底否定了，说的人和听的人都很清楚，没有任何疑问。从传达思想来说这种极端已经足够了，但是从构成幽默效果来说，还不够，因为它太平淡了，不够极端，幽默感所要求的荒谬，得有点绝才成。

这里的主人绝就绝在明明来世请客是永远不请客的意思、否定的意思，他却认为不够。因为从形式上来说来世请客，终究还是肯定的，还没有达到从内容到形式绝对否定的程度。在他看来哪怕是否定请客的可能性，只要在字面上有肯定的样子也都是不可容忍的。正是这种绝对的荒谬产生了幽默感。

有一个古罗马时期传下来的故事：

有一个人想要安安静静地工作，就吩咐仆人说如有来访者就说他不在家。这时有一个朋友来了，远远看到他正在家中，虽然他不相信仆人所说的话，仍然回去了。

第二天，这个拒绝接客的人，去拜访他的朋友，他的朋友出来对他说："我不在家，我不在家！"

这个人表示大惑不解。他的朋友说："你这人太过分了，昨天，我都相信了你仆人的话，而今天，你居然连我亲口说的话也怀疑。"

这话真叫绝了。

强化幽默效果的方法除了把荒谬推到极端外，还可以将多种荒谬集中在一个焦点上，成为复合的荒谬。

"谬上加谬"法的特点是不管多种可能性的，它只管一条路往荒谬的结果上推演。歪理歪推才有强烈的幽默感。

别解词汇，奇妙歪理也幽默

实话实说是一种美德，可若谈话没有任何创新和变化，也就没有了奇情才思，听得多了自然就显得平平淡淡让人感觉乏味。这时，我们就可以尝试一下别解词汇，把一个看似平常的词汇衍生出奇妙歪理，以不变应万变。

需要注意的是，这里的别解词汇不同于多义词。汉语当中有不少一词多义的现象，但我们这里要说的是根据需要为词汇编造出新的含义。在特殊语境中制造新的词解，可以让谈话变得更有趣，也可以巧妙地回绝那些不想直接谈及的问题，甚至是回击某些恶意的攻击，可谓是一种十分实用的幽默技巧。

别解词汇往往很荒唐，但就是这种似是而非的荒唐，使谈话产生出奇巧怪诞的谐趣，给人一种新奇的心理体验，更会惹得大家眉开眼笑。

一天，纪晓岚与和珅在后花园里喝酒聊天。正喝着，突然有一条狗从他们身边跑过。和珅明知是狗，却想趁机羞辱纪晓岚一番，便笑眯眯地问："是狼（侍郎）是狗？"

当时纪晓岚官居侍郎，他望着和珅那副神情，立即明白了和珅用意。

"垂尾是狼，"纪晓岚用手朝地下指了指，又用手朝上做了一个捅的动作，大声说道，"上竖（尚书）是狗！"

纪晓岚说罢哈哈大笑。原来，和珅当时正好官居尚书。

在这里，纪晓岚与和珅都运用了谐音，把"是狼"与"侍郎"、"上竖"与"尚书"牵扯到了一起，这些词在意义上毫不相干，经过故意捏合就被赋予新的词汇内涵，从而产生出幽默效果。这两个人的玩笑开得聪明，开得诙谐，充分显示了两位机智的辩才。尤其是纪晓岚，在遭遇对方攻击时，能够迅速开动脑筋，把"上竖"与"尚书"连在一起，把皮球重又踢回到和珅身上，让和珅哑巴吃黄连，有苦说不出。

要使用这种幽默方法，你就必须使大脑保持高速运转，要能迅速地跳开固定思维，为词汇编造一个幽默有趣的新含义，以表达自己的真正意愿。

普希金年轻时并不出名。一次，他前往参加公爵家的舞会，并主动邀请一位漂亮的贵族小姐跳舞。

贵族小姐见眼前是一个粗鄙的"乡下人"，便找了个借口，傲慢地加以回绝："对不起，我不能和小孩子跳舞。"

"对不起，"普希金说着很有礼貌地鞠了一躬，"亲爱的小姐，我真的不知道您正怀着孩子呢！"

贵族小姐的原话，本来是想表达"你是小孩子，我不能和你一起跳舞"的意思。但是，普希金感受到了来自贵族小姐的鄙视和轻蔑，便故意将这句话误解为"我怀有孩子，跳舞对孩子不好"，巧妙地嘲笑了贵族小姐的傲慢和无礼。生活中，我们常常听到表达含混不清的言语，只要在这上面稍做些文章，就能巧妙地制造出言语幽默。如果对方的话语带有恶意，你更可以歪曲对方原意，做出有利于自己的解释，便可委婉含蓄地反击对方。

别解词汇的幽默，非常考验谈话者的思维敏捷能力。 你不能把思维停留在词的原意上，要能突破固定的思维或者跳开常理，制造出别开生面的新词意。 如果你天生并不具备幽默感，就需要在后天的不断学习中加以锻炼，用以增强你的人格魅力。

打个比方，有个讨厌鬼整天到你家蹭饭，给你的生活增添了许多麻烦，你该怎么回绝他？如果你不想直接拒绝，不妨尝试问："隔夜饭你吃吗？"如果对方说吃，你就可以让他明天再来了。因为隔夜饭在你这里并不指"剩饭"，你已经根据需要将它赋予了新含义。

类似的曲解方法还有很多，譬如监考老师的经典语录：同学们，今天的考试你们要实行"包产到户"，坚决不许走"共同富裕"的道路。 这句话的妙处，就在于它并不直言考场纪律，而是为两个农村改革中的专业词语编造了新词义。 其中，"包产到户"曲解为"自己答自己的卷子"，而"共同富裕"则被曲解为"相互帮助"。 由于"包产到户"和"共同富裕"与考场上紧张严肃的气氛格格不入，形成强烈的反差，由此产生了非常强烈的幽默效果，使考生的紧张情绪也随之得到缓解。

总的来说，别解词汇的幽默方法并不很难，但你在别解词语时，应该让人感到你是在故意曲解词意，而不是本意，否则就不会产生出这种强烈的幽默效果。

荒诞的无厘头式幽默术

你可曾看过《大话西游》？这部电影中，周星驰有这样一句经典的对白："曾经有一份真挚的爱情放在我的面前，我没有珍惜，直到失去才后悔莫及……如果一定要在这份爱上加一个期限，我希望是一万年！"

或许，周星驰自己都料想不到，他的"无厘头"竟然成了20世纪末创造的重要词汇之一，从上文那个经典段落开始，他的无厘头成为年轻人追随的挚爱。

那么，到底什么才是无厘头呢？其实，无厘头原是流传在广东佛山一带的俚语，意思是指一个人无端做出没有理由的事情来，表面上显得有些难以理解，让人忍俊不禁，但其语言或行为的根本却蕴含着深刻的社会意义，透过玩世不恭的表象揭示事物的本质所在。

荒诞而幽默，就是一种有别于笑话的无厘头式幽默。

无厘头式的幽默跳过了种种条条框框，以诙谐逗趣的方式，暗示事物的本质，达到明辨是非的目的。正因为如此，无厘头式的幽默常被用在争论中，可以发挥出巨大的，让人无法反击的威力。周立波是海派文化的发起人，也是《壹周立波秀》的著名主持人。一次，他在节目中对房价作了如下调侃：

近两年，中国房价居高不下，不要跟蜗牛比，人家蜗牛是坐地户，一出生父母就给了套房子，而且走到哪儿房子带到哪儿，你们跟人家能比吗？

你也不要跟蚂蚁比，蚂蚁那是公务员级别，享受分房待遇，人家那蚁穴建的，你们跟人家能比吗？

场下观众笑作一团。

周立波很有幽默感，站在台上一脸坏相，寥寥数语就能把观众逗乐。他的无厘头总是别具一格，台词更是充满了海派思维和丰富想象，在他嘴皮子的翻动中，人们忍俊不禁，还会在笑声中发现蕴含的哲理。需要注意的是，我们在运用这种无厘头幽默时，虽然可以玩世不恭、抨击时事，但幽默的最终意图却要能励志向上，提倡健康思维和快乐人生。

1946 年 5 月，远东国际军事法庭审判以东条英机为首的日本甲级战犯，10 个参与国的法官们曾因排定法庭座次，展开过一场激烈的争论。中国法官理应排在庭长左边的第二把交椅，可是由于当时中国国力不强，因此被各强权国所否定。

在这种情况下，唯一出庭的中国法官梅汝璈微笑着反驳说："如果各位不肯按日本投降时各受降国的签字顺序排列，我们不妨找个体重计来，然后依体重排座次，体重重者居中，体重轻者居旁。你们若认为我不该坐在庭长的边上，则可以另派一名比我胖的人来换呀。"

各国法官听了全都忍俊不禁。

在举世瞩目的国际法庭上，法官的座次按体重来排定，这岂不是天大的笑话！梅汝璈正是用这样无厘头的对话，嘲讽帝国主义者仗恃强权践踏国际公理的丑恶嘴脸。 如果你正与人发生争论，别急着反驳对方，不如像梅汝璈那样舍弃锋芒毕露的语言，给对方一个无厘头式的幽默，不仅风趣含蓄、诙谐生动，反驳的效果也会更好。

一位美国绅士到餐馆喝咖啡。正喝着，他突然在咖啡杯里发现一只死掉的苍蝇。于是。他招呼服务生，和颜悦色地对他说："你好，虽然我觉得在咖啡单调的颜色中加点儿点缀很不错，但你可以把咖啡和苍蝇分开放，让那些喜欢的人自己添加，添加多少自己随意。你觉得这个主意怎么样？"

从这句话的字面意思来看，苍蝇似乎成了类似于奶油、方糖一类的食材，可以依据个人口味自行添加一样。 可事实上，苍蝇根本不能吃，这位绅士这番让人摸不着头脑的话其实是要告诉对方：哦，天哪，我的咖啡杯里有苍蝇！再往深一点儿挖掘，他恐怕是要和对方说：你们餐厅的厨房到底有多脏？亏我这个老客户吃了这么多年！这样的幽默非常难得，既可以有效凸显你的气度修养，又能解决实质性问题，很值得我们大家效仿。

无厘头式幽默既可以严肃也可以轻松活泼，只要你拥有积极乐观的心态，时时刻刻都可以无厘头。

当你内急冲进洗手间，忽见朋友从洗手间走了出来，慢条斯理地和你寒暄："你去哪边了呀？"其实答案显而易见，这样的问话纯属废话。这时，你倒也不妨无厘头一把，笑着跟他说："去金边呀！"

这回答同样也是废话，但以废话应对废话，这不是恰到好处吗？

当然，无厘头式的幽默仅仅只是搞笑、逗乐可不行，真正的无厘头幽默应该带有一定的批判性。你的表述可以很荒诞，但应该有内容。比较容易操作的方法，就是专注于对经典的颠覆与重构，对不合理事物的讽刺与挪揄，你可以正话反说、正题反解，甚至以荒唐显荒唐、以悖谬释悖谬等，都可以达到这一目的。

在进行无厘头幽默创造时，大家应该使自己的想象力极力扩张，万事万物都是你任意调遣、组合的对象，自然时空、是非差别已不复存在，取而代之的完全是你的心灵意志所向。正因为你这样反叛既有规则又有思想权威，却在调侃不合理的一切，才使得无厘头幽默的功效发挥到极致。

第四章

打破常规，幽默最忌公式化

推陈出新来自模拟幽默

"模拟幽默"就是把大家熟悉的原本的语言情境，移置新意，与原意形成对照，从而产生不协调之趣，造成幽默感。

运用"模拟幽默"要把握好这样三个字：名、热、新。

名，就是你所模拟的应当是知名度高的名篇、名言、名句，或大家熟悉的成语、台词、俗话等。

热，就是你要表达的内容应与时代合拍，最好是人们关心、思考或者有争议的热门话题，这样就能很快引起人们的联想，产生共鸣。

新，就是观点新，这是模拟幽默法的灵魂。也就是说，旧瓶装新酒还不够，还必须装上新的气息，以造成幽默的醉人气氛。

"模拟幽默"的技巧有顺拟法、反拟法、别拟法、拟人法等。模拟的要诀在于出人意料地把毫不相关的事扯在一起，内容越是风马牛不相及越好，越能引起惊讶，在形式上则是越接近，越有幽默的效应。

顺拟法是顺着旧格式拟出新的内容。由于这种手法多用于触景生情而即兴创作，所以，常能迸发出新的寓意和偶发词。

反拟法就是把我们日常生活中的习惯用语，偶尔反用其意，造成新奇的幽默感。比较而言，反拟比顺拟更能留下深刻的印象，这是反差造成的效果。

有一位领导，在大会上作报告。为了同腐败现象斗争到底，他坚定地说："谁说我们总是杀鸡给猴看？我们还要杀猴给鸡看！"

反腐关系到我们党和国家的生死存亡，"杀猴给鸡看"这个反拟的幽默在这场斗争中，不是扮演了一个恰如其分的角色吗？

反拟法看起来简单，只要将现成话反过来说，但是必须说到点子上，才有幽默感。只要你懂得点到为止的道理，强扭的瓜也甜。

别拟法就是要拟出幽默的别解来，这也是我们经常有意无意地运用的手法。比如，我们把那些为儿子安排锦绣前程的父亲叫作"孝子"，这已不是封建礼教所指的"孝子贤孙"了，而是孝顺自己儿子的"孝子"了。

别拟法要拟得自然贴切，切忌生搬硬套，应当追求一种天然的妙趣，人为的痕迹越少越好。

我们为什么要通过模拟的方法，使幽默感在模拟中创新呢？一方面是顺应人们喜新厌旧的心理，另一方面也不忽视人们喜新恋旧的心理，将这两种心理移植在一起，便产生了模拟幽默法。

我们说好作品百读不厌，这是夸张。不管什么人，只要口头禅一多，就会缺少幽默感。这时，一个最有效的办法，就是运用"模拟幽默"法来推陈出新。

用喜剧来表现悲剧

所谓黑色幽默，实际上是一种用喜剧形式来表现悲剧内容的幽默。

黑色幽默兴起于 20 世纪 60 年代初。 1961 年，美国作家约瑟夫·海勒出版了一本惊世骇俗的小说《第二十二条军规》。此书一出，即受到美国读者的关注，至 20 世纪 70 年代而轰动文坛。 随着这本书的流传，黑色幽默一词也家喻户晓。 黑色幽默是作为一种文学流派而存在的。 在这里，我们把它当作一种幽默的形式、一种幽默的技巧。

黑色幽默是一种与传统幽默不同的幽默。 传统的幽默比较明朗、外向、充满信心、针对别人，而黑色幽默则显得忧郁、内向、心酸、绝望、自我嘲讽。 黑色幽默中的人物和事件几乎都是荒诞不经、生活中不可能有的。 而且，黑色幽默总是面带笑容地讲述在残酷命运捉弄下的烦恼，用自我解嘲来反映百思不解的心理和人生渺小的意识。 它是在用貌似轻松达观的口吻来表现最无可奈何的心理和情绪，它虽然在笑，但这是一种"使道德的痛苦发展到滑稽的恐怖，使事情荒谬到令人发笑的程度"。 这种笑，是痛苦的笑、恐怖的笑，是对荒谬现实入木三分的笑。 换言之，黑色幽默是一种"大难临头时"的幽默，或者，更传神地说，是"绞刑架下的幽默"。

且看下例：

在一个对死囚执行公开绞刑的日子里，绞刑架旁聚集了大批观众，可是却不见死囚犯被押来。监刑人、刽子手和周围的人都等得不耐烦了。终于，狱卒押着囚犯来到刑场，囚犯看见人们焦急贪婪的目光不禁笑了，得意地说："没有我，你们什么也干不成。"

这种幽默就是典型的"黑色幽默"。

海勒在"黑色幽默"代表作《第二十二条军规》中这样描写"二战"的伤兵：

> 清澈的流体从一个洁净的瓶里输入他的身体。从腹股沟敷石膏的地方，另外伸出一根固定的锌制的管子，拉上一根细长的橡皮软管，他的肾脏排泄就是通过这条管子一滴不漏地流入放在地板上的一个洁净的封口的瓶内。等地上的瓶子满了，从胳膊肘输入流体的瓶子也空了，这两个瓶子于是很快地互换位置，使瓶里的排泄物又重新注入他的身体。

这里写的不是即将走上绞架的囚犯，而是一个伤兵。对于伤兵的痛苦与不幸，作家用如此残酷的欣赏性的笔调来描写，确是罕见而特殊的。但正是这种特殊的幽默笔调起到了特殊的效果，它在苦笑中揭露了第二次世界大战给人类带来的痛苦和不幸，它在幽默诙谐中表达了作者的愤怒与厌战的情绪。

打破逻辑才能滑稽可笑

词语混搭可以运用到幽默中来。任何一个字、词，都有其本身的含义，而要明确表达意愿，就要用心搭配。简单常见的词只要搭配合适，放置合适的语境，就可以锻造出完美的句子。这个道理和穿衣混搭是一样的，穿着漂亮不在于单品是如何大牌、如何昂贵，而在于款式质地的和谐，以及最后的上身效果。而当我们要创造幽默语言时，也可以尝试突破原有的搭配方法，这样就可以使平平常常的句子，瞬间产生令人捧腹的幽默效果。词汇混搭是最常见的语言幽默法，只要你不拘泥于文字搭配的条条框框，就可以独具匠心地创造属于自己的幽默。

比如，幽默大师老舍在他的《赵子曰》中，就经常把不相干的两个词故意搭配在一起："他后悔了，他那个'孔教打底，西法恋爱镶边'的小心房一上一下地跳动起来。"很显然，这里的"孔教打底，西法恋爱镶边"就是一种插科打诨的混搭，这一不协调的搭配反而形象鲜明地表现出主人公这种矛盾的心态，这比许多其他现有词汇都要幽默得多。美国著名文学家特鲁·赫伯特也做过类似的混搭。譬如，当年轻人坐在高高的城墙上谈恋爱时，他便称之为"陡峭的爱情"。陡峭和爱情十分不搭，但这种创造性的混搭却于当时的情况十分贴合，把作者的想法形象生动地展现出来，并赋予了一定幽默效果。

当然，我们已经习惯按照正确的语言逻辑说话，但偶尔也可尝试打破逻辑，进行词汇混搭。譬如，你是个笨手笨脚的老公，一不小心打碎了杯子，妻子气得对你张牙舞爪、怒目而视。 这时，你不妨满脸堆笑地对妻子说："老婆快别生气了，看我给你气得，真是心花怒放啊！"生气和心花怒放是两个截然相反甚至互相矛盾的词汇，被你这样强行扭到一起说出来，反倒产生了一种不伦不类、正反跌宕、滑稽可笑的幽默效果。 妻子听了这话，一定笑逐颜开，不忍心对你发脾气。 当然，要制造这种幽默，你还得练习词汇的运用，虽然是生硬搭配拼凑的，但仔细推敲应该有意义上的关联。 此外，应该注意两个词汇之间要有差异，差异越大，效果就会越明显。

有创意的幽默才是真幽默

幽默需要有创意，有创意的幽默才是真幽默。其实生活中到处都有创意的好题材，例如：做幽默演讲的时候，将一些人生哲理用浅显、幽默、押韵的句子说出来，多半能够达到良好的"笑"果。例如，讲到"笑声"的重要时，就说："每天都要满面春风，走路才会有风，身体健康，事业才会赶快成功。"讲到"自我肯定"时说："一支草一点露，天无绝人之路，有风就有雨，有路就有步，有学习就有进步。"创意的语言是生活诸多创意中最有力的题材，最能让人印象深刻、感同身受。

有两性专家讲夫妻相处的艺术，特别交代男士们千千万万不要"婚前像动物（猛献殷勤）、婚后像植物（叫不动了）、过几年又成了矿物（死气沉沉）⋯⋯"这些创意可都是最难能可贵的"人际巧连智"呢！

美国某大航空公司为了"到底要不要将最新型的喷气引擎装置在逾龄的'老母机'身上"这个问题，特别召集了一批顶尖的工程师前来开会讨论。

会中论辩激烈，正反意见呈现两极化，赞成的人认为这样可以提高飞机性能、节省油料、降低噪音等；反对的人则认为飞机实在是太老旧了，装上新引擎反而浪费。正反双方激辩了半天还得不出个结论来，这时候，主席清了清喉咙说："这些老母机就像是老祖母，替老母机装新引擎，就好比替老祖母隆乳，虽然有可能浪费，也有可能不浪费，但无论如何，老祖母一定会觉得相当高兴。"

会场上顿时哄堂大笑，人人笑弯了腰，我们不敢保证老祖母隆乳后会不会改善她的生活，但会议的结论出来了：将老母机换上新引擎！

人跟人之间很多难解的习题，只要"幽默"一端上桌，统统可以把酒言欢。 幽默，可以说是"人生习题"的"最佳方程式"。

有一次，一大帮记者跟随着美国历史上风度翩翩、谈吐风趣的约翰·肯尼迪总统搭乘"空军一号"专机到某个地方去参观视察，飞行途中，平易近人的总统与随行的记者们闲聊着，忽然有一个记者提出了个相当"尴尬"的问题，他冒失地问道："总统先生，如果现在飞机突然失事坠毁的话，您看会有什么后果？"愉快的气氛顿时僵住了，众人一时面面相觑，不知道如何处置。

好个肯尼迪，但见他慢条斯理地说："唔，会有什么后果我不知道，不过有一件事情我绝对可以确定，就是明天早上的报纸一定会刊出你的大名，只不过，字体会很小。"

他高明地丢出了一个幽默变化球，不但化解了尴尬，还反修理了唐突的记者一顿。

幽默的佳肴，如果再加上"智慧的佐料"，就更上一层楼了。

一位大老板买下了一大座美丽的花园，占地非常广，他预计要雇用 12 位园丁来照顾，登报招聘后，应征信件如雪片般飞来，总共有数百封之多。

大老板让执行秘书全权负责这件事，秘书经过初步筛选后，通知了 50 个人前来面试，并交代他们将平日穿的工作裤一并带过来。

面试当日由执行秘书担任主试官，进到考场，只见执行秘书不发一语地看了看应征者，再翻一下他们带来的工作裤，就打下了分数。

录取的 12 个人被通知来上班了，工作间窃窃私语，最后实在忍不住好奇心，推派代表跑去问执行秘书："到底是什么原因能够被录取？"

执行秘书笑着回答说："没什么，我主要是看看工作裤上有没有补丁，还有补丁的位置在什么地方。你们的补丁都在膝盖上，所以我就决定录用，如果补丁是在臀部上，我是绝对不用的！"

许多人最近都在流行减肥，明明已经瘦干了还要减，这时候我们可以告诉他们，不论高矮胖瘦，自然才最美，高的人叫作"顶天立地"，矮的人称为"脚踏实地"，胖的人是"心安理得"，瘦的人就"理直气壮"，高矮胖瘦皆大欢喜啊！与人相处时，只要拿出诚意、展现创意，那么你的幽默肯定能够赢得人们的开心一笑。

幽默最忌公式化

有的人平时也幽默，说出的话也能让人笑一笑，但笑过也就忘了，不能给人留下深刻的印象。有些相声、小品的表演也比较逗人，让人笑得前仰后合，但笑完就算，总显得肤浅，缺乏打动人心的力量。

原因自然是多方面的，在内容上挖掘不深，仅停留在表面现象上；在形式上比较单一，单纯地追求滑稽诙谐，甚至不惜采取低级趣味的手段，令人反感。

余光中认为，"幽默最忌的便是公式化……"，一旦公式化，就会落入俗套，说到丈夫就必定怕太太，说到教授就必定缺少常识，说到官吏就必定要刮地皮，人听得多了，也就没有感觉了。

不论是生活还是写作，余光中都坚决避免公式化的幽默。比如对于散文，他也是很有研究的。他对华而不实、俗艳不堪的散文非常反感，就把它们幽默地比喻为"像一袋包装俗艳的廉价的糖果，一味死甜"，并为它们起了个名字，叫作"花花公子散文"。而对那些写作"花花公子散文"的人，他的批评也是幽默的、很有见地的，他说："这些喜欢大排场的公子哥儿，用起形容词来，简直挥金如土。事实上，他们的金都是赝品，其值如土。"

用"挥金如土"来讽刺他们滥用辞藻的坏毛病，用"其值如土"来批评他们趣味浅显、文章的价值低下。所有这些评述，都表现了余光中智慧的创造，体现了错位式思维在文学创作中的无限生命力。

在我们的日常生活中，要想使自己的幽默引人入胜，也必须抛弃"公式化"的不良倾向。

身边有一个同事，在结婚两月之后就生了孩子，大家自然免不了议论纷纷，拿这件事开玩笑。

有人评论说："这个孩子太性急了，是想出来看看这个世界都有谁吧。"幽默感就不强，只是对眼前事实的简单评述。

有人对孩子的父亲说："你的本事真大呀，生孩子也像工作一样，效率很高。"这话自然是幽默的，能让人会意地一笑。

这时单位里最有幽默感、被大家称作"幽默大王"的小孙来了，他还给孩子送了一份见面礼，是本子和铅笔。孩子的父亲大惑不解，说："这孩子才出世，就给孩子送本子、铅笔，不是太早了吗?"

小孙煞有介事地说："不早，不早，别人家的孩子要十个月才出世，而你的孩子只用了两个月，照此推算，要不了半年，他准得上学，所以我就提前给他准备了学习用品。"

和前面两人所说的话做一对照，我们就会发现为什么小孙会被誉为单位里的"幽默大王"了。由孩子出世早，引申到孩子上学早，再由上学早，联想到必须早早用上学习用品，于是在孩子出生后送学习用品就成为顺理成章的事了。

在这里，小孙的思维就是一种错位式思维，它不是由此及彼的直线型，而是将事物原有的结构模式完全打破，在脑子里重新组合，形成出其不意、出奇制胜的新模式，完全脱离了公式化的轨道，才能造成耳目一新的幽默效果。

结局要出奇，达到幽默高潮

如果仅仅只是平淡的铺垫，那么这些语言就会显得非常普通，不具有反差与错位，难以给我们带来幽默感受。

幽默的结局必然是异峰突起，出奇制胜，与开始的平淡形成强烈的对比，成为幽默的高潮部分，给人留下极其深刻的印象。

欧·亨利的小说就常常采取这种方法，比如在《警察与赞美诗》一文中，那个流浪汉为了过冬，想方设法地想犯罪，以便被投入监狱，但却无法如愿，谁料就在他决心悔改的关头，却出人意料地被警察抓获，送入了监狱。

这样的结局与开始的铺垫形成了很强的对比，成为整个故事的高潮，具有极强的讽刺意味，使人久久难忘。

舞会上，迈克没有舞伴，独自呆坐着，这时一个漂亮的姑娘向他走来，他的心怦怦狂跳。

"你要跳舞吗?"姑娘很有礼貌地问道。

"是的。"迈克激动得站了起来。

"好极了，"姑娘说，"我终于可以有椅子坐了!"

姑娘的问话是铺垫，使我们误以为她将邀请迈克跳舞，但结局却出人意料，与开始的铺垫形成了强烈的反差，达到了出奇制胜的幽默效果。

有一次，一个三流的歌唱家到一个城市去参加演唱会，他高歌一曲后，台下掌声雷动，齐声高呼"再来一遍"。

歌唱家非常激动，认为自己的表演非常成功，于是又唱了一遍。谁知台下又是掌声雷动，齐声高呼"再来一遍"。接着他又唱了第三遍、第四遍……

台下照样掌声雷动，齐声高呼"再来一遍"，他已经累得筋疲力尽了，不得不问道："你们到底让我唱几遍才满意？"

"到唱准为止。"台下的观众齐声喊道。

开始的铺垫给我们一个错觉，认为观众是在欣赏这位歌唱家的表演，谁知结局却异峰突起，揭示了完全相反的事实，幽默的感受就会强烈地出现了。

幽默的高潮部分越出奇、越超出常理、与开始部分的铺垫反差越大，所造成的幽默效果就越强烈。

有一家大公司非常看重职员的仪表，他们要求所有男职员一律不得留长头发。

这天，公司招聘了一批富有才干的大学毕业生，人事部主任与经理一起去给新职员们讲公司的章程。

由于新职员们大都留着长发，人事部主任觉得不好开口，他思索了好一会儿，终于想出了一个办法。于是他对新职员们说："我们公司对头发的长短一向是持豁达态度的，大家尽可放心。"

听了此话，那些原先对此颇有抵触情绪的新职员们都露出了欣慰的笑容。

人事部主任接着说："我们的要求是，头发的长短应该保持在我与经理之间。"

人事部主任留着很短的寸头，于是大家都把目光投向了经理头上。只见经理把头上的帽子摘了下来，露出了一个光芒四射的光头。

结局的高潮是幽默的精华部分，只有出奇制胜，才能打破开始部分给大家造成的平淡印象，给大家一个突如其来的幽默冲击，让笑声骤然爆发。

突破常规，反差制造"笑"果

　　古往今来，类似这样突破常规的联想比比皆是，比如东施效颦、南辕北辙、郑人买履、买椟还珠、画蛇添足、掩耳盗铃、揠苗助长、刻舟求剑、守株待兔、邯郸学步之类的寓言故事，早已为我们所熟悉，不仅引发了我们由衷的欢笑，而且还给我们深刻的启示。

　　为什么能达到这样的效果呢？原因很简单，就在于它们的思维突破常规，违背了生活的常理，制造了强烈的反差。

　　大量的幽默都是这样创作出来的。如果我们拘泥于现实，不会、不敢作突破常规的大胆的联想，那么我们说出的话必定是沉闷的、乏味的，只是对眼前事物的客观描述。只有让自己的思维突破常规、别出心裁，才能出人意料地把互不关联的事物并列在一起，在与现实的强烈对比中让人笑出声来。

1. 把不同的事物巧妙地拿来对比

　　事物之间的差异是客观存在的，但有些事物之间的差异会小一些，有些事物之间的差异会大一些，尤其是那些缺乏必然联系、不具备相同特征的事物之间的差异就更加显著。如果我们能把具有显著差异的事物拿来进行对比，幽默的效果就会非常强烈。

　　幽默的思维正是看准了这一特性，故意进行一些令我们难以想象的对比，把巧妙联想的功能发挥到了极致。

张三和李四去看球赛，张三突然想到了一个问题，就问李四："足球和水球都要守球门，你说哪个球门更难守些？"

李四微微一笑，回答说："依我看，没有后门的球门更难守。"

守球门和走后门是完全不同的两件事，李四巧妙地把它们硬拉到了一起，进行了对比，并得出了结论，令我们不由得笑出来，同时又有力地抨击了走后门之类的不正之风，给手握实权的人敲响了警钟。

这就是典型的幽默思维，看似答非所问，实则有力地突破了眼前的现实，把话题引到毫不相干的地方，从而制造幽默的效果。

2. 多侧面、多角度地思考问题

站在一个固定的立场上，我们看到的事物就是一成不变的。我们看到的，别人也能看到；我们要说的话，别人也已经想到了，幽默就无从谈起。

要想使自己的思维突破常规，达到幽默所要求的高度，我们就必须做到从多个侧面、多个角度去思考问题。只有这样，我们的思路才会开阔，思维才会活跃，才能把眼前的事物换个角度、换个立场来讲述，给人以耳目一新之感，幽默才有产生的可能。

有一个乡下人进了城，遇到了一个妄自尊大的城里人，城里人就想把乡下人奚落一番，于是就故意问道：

"老乡，请问你有几个令尊？"

乡下人明知对方在戏弄自己，却故意反问："令尊是什么？"

城里人得意了，这个乡下人果然好糊弄，于是就想进一步戏弄他，说："令尊就是儿子的意思啊。"

乡下人毫不迟疑地接上他的话说："噢，我明白了，那么请问您有几个令尊？"

城里人没想到乡下人竟问出这样的话来，一时间竟不知如何回答。乡下人见状，故意做出关心的样子，安慰他说："原来您竟没有儿子。我倒是有两个儿子，可以把其中的一个过继给您当令尊，您意下如何？"

城里人窘得面红耳赤，只好狼狈地溜走了。

乡下人在城里人的挑衅面前，没有恼羞成怒，没有畏缩退避，而是开动脑筋，从另一个角度找到了反击的办法，用幽默的语言使城里人知难而退，有力地维护了自己的尊严。

正话反说，促人醒悟

说出来的话，所表达的意思与字面完全相反，就叫正话反说。如字面上肯定，而意义上否定；或字面上否定，而意义上肯定。这也是产生幽默感的有效方法之一。使用这种方法能够在不直接指明对方错误的基础上，使他们自我反省并认识自己的错误。

有一则宣传戒烟的公益广告，上面完全没提到吸烟的害处，相反的却列举了吸烟的四大好处：一、节省布料：因为吸烟易患肺痨，导致驼背，身体萎缩，所以做衣服就不用那么多布料；二、可以防贼：抽烟的人常患气管炎，通宵咳嗽不止，贼人以为主人未睡，便不敢行窃；三、可防蚊虫：浓烈的烟雾熏得蚊虫受不了，只得远远地避开；四、永葆青春：不等年老便可去世。

这里说的吸烟的四大好处，实际上是吸烟的害处，却正话反说，显得很幽默，让人们从笑声中悟出其真正要说明的道理，即吸烟危害健康。

正话反说的幽默技巧当然不只可以用到广告宣传中，在面对面的交流中，这种幽默技巧也有广泛的使用空间。

原英国首相丘吉尔为了参加演讲，超速开车，以致被一名年轻警员逮住了。"我是丘吉尔首相。"丘吉尔不慌不忙地说。"乱说，你一定是冒牌货！"警官这么一说之后，大英帝国的首相谢罪了。他说："你猜对了！我就是冒牌货！"

这么一来，警官面露微笑，放过了这位世界上著名的伟人。

丘吉尔在一本正经表明身份的时候，被警官怀疑。然后，他就换了一种方式，正话反说，这样反而使警官摸不清虚实，使得警官抱着一种"宁可信其有，不可信其无"的心态放过了他。

这种正话反说的幽默技巧不仅被今人广泛使用，其实古人中的智慧者很久以前就已经能够成熟运用这种技巧了。

秦朝的优旃是一个有名的幽默人物。有一次。秦始皇要大肆扩建御苑，多养珍禽异兽，以供自己围猎享乐。这是一件劳民伤财的事，但大臣们谁也不敢冒死阻止秦始皇。这时能言善辩的优旃挺身而出，他对秦始皇说："好，这个主意很好，多养珍禽异兽，敌人就不敢来了，即使敌人从东方来了，下令麋鹿用角把他们顶回去就足够了。"秦始皇听了不禁破颜而笑，并破例收回了成命。

优旃的话表面上是赞同秦始皇的主意，而实际意思则是说如果按秦始皇的主意办事，国力就会空虚，敌人就会趁机进攻，而麋鹿用角是不可能把他们顶回去的。 这样的正话反说，因为字面上赞同了秦始皇，优旃足以保全自己；而真正的含义，又促使秦始皇不得不在笑声中醒悟，优旃从而达到了说服的目的。

妙用夸张，吹出来的幽默

生活中的错谬乖讹和人的滑稽可笑之处紧密相连，须臾不离。那些具有超越的想象力的人能使夸张这种很平常的修辞方法产生出令人惊叹的高级幽默来。

荒谬的夸张几乎总能引起人们发笑，因为荒谬夸张本身包含了不协调，从而产生强烈的幽默效果。

以相声《笑的研究》为例：

> 甲："常言说，笑一笑，少一少。"
>
> 乙："不，应该是：笑一笑，十年少。"
>
> 甲："一笑就年轻十岁？"
>
> 乙："啊！"
>
> 甲："你这是定期的！我那是活期的。"
>
> 乙："我们俩存款呢。"
>
> 甲："你这理论不可靠！"
>
> 乙："怎么？"
>
> 甲："那谁还敢听相声？"
>
> 乙："怎么不敢听啊？"
>
> 甲："你今年多大岁数？"
>
> 乙："四十。"
>
> 甲："笑一回剩三十，笑二回剩二十，笑三回剩十岁，说什么也不敢再笑了。"

乙："怎么？"

甲："再一笑没啦！来的时候骑车子，走的时候抱走啦！剧场改托儿所啦！"

这就是夸张。但这里的夸张不是纯粹的、荒谬的夸张。所谓纯粹、荒谬的夸张，指的是放开胆子吹牛。可以说相声如果没有夸张，便几乎不称其为相声。而夸张也是幽默的重要基石，它能使平凡的生活琐事带上一层放大的色彩，从而产生强烈的幽默感。

天底下没有百发百中的笑话，也没有保证令你大笑的笑话。如果你能妥善经营故事，不过早泄露天机，那么，你的幽默还是会得到较好的反应的。

第五章

为人处世，你要学点幽默

善用幽默，能方能圆

白岩松是一个善用严肃幽默的人，他作为央视著名的节目主持人，不仅采访过别人，也被别人采访过。在答记者问中他以真诚谦逊、质朴自信、机智警觉、幽默含蓄的语言风格，展示了央视名嘴的风采。

从白岩松的说话中，我们能够深刻地领会到智慧和幽默的魅力，因为智慧性的语言带给人们的不仅仅是语言强大的震慑力，更有在心理以及心灵上无比强悍的说服力。

以下是白岩松在悉尼奥运会解说工作结束回国后的一次答记者问。从这次的巧答记者问中，我们可以清晰地感受到幽默口才的威力以及魅力。

记者（以下称记）：有媒体评论说，白岩松是中央电视台最火的主持人。半个月评说奥运，使亿万观众更加认可你了。你如何看待这种评论？

白岩松（以下称白）：我曾经跟朋友开玩笑说，把一条狗牵进中央电视台，每天让它在一套节目黄金时段中露几分钟脸，不出一个月，它就成了一条名狗。我在《东方时空》已经待了7年，如此而已。这没有什么值得骄傲的，相反的给生活带来了一些不便，比如没有随便出门逛街的自由。

记者的话无疑是对白岩松的赞扬，而这种赞扬是高规格的。面对赞扬，白岩松没有沾沾自喜更没有自鸣得意，他幽默巧借一个比方表明了自己对这一问题的看法：一来是自谦，二来揭示自己的名气与媒体的关系，尤其是与中央电视台这种特殊媒体的关系，从而极其巧妙地把赞扬声指向了给他带来荣光、带来名气，乃至带来些许不便的地方——中央电视台。

记：最近我看到有传媒把你和中央电视台的其他名嘴作了比较，给你的打分是最高的，在强手如林的竞争中，你感觉到有对手吗？

白：事业跟百米赛有相似的地方，我跑的时候，眼睛只向着前面那条线，而绝不会去考虑对手。但人生跟百米还不太一样，百米就一条线，人生是你撞了一条线后还有另一条线，你得不断去撞，直至死亡。

记者想以事实说话，用事实来证明白岩松是最棒的，并以此引出他的对手的评价以及面对竞争对手时的态度，而白岩松答得更为精彩，他首先从对方话中引出比方，然后寻找人生与百米赛的相同点，"眼睛只向着前面那条线"，含蓄地告诉世人——自己的心中有恒定的奋斗目标，自己所做的一切都在向心中的那个目标迈进，无须过多地考虑对手。短短的一句话，不仅显示了白岩松的自信，而且显示了他看准目标，孜孜以求的坚韧。接着，白岩松又点出人生与百米赛的不同点：百米赛的目标是单一固定的，而人生的追求却永无止境。语言是心灵的折射，从白岩松的话中，我们能不为他永不停息的精神所感动吗？

记：你到《东方时空》时，只是一个 25 岁的小伙子，而且一点儿电视经验也都没有。第一次面对镜头，你是不是很紧张？

白：不紧张。因为我都不知道镜头在哪里。开拍前，导演告诉我，你要放松，就当没有镜头，于是我就不去想它。现在再看那次录像，还是很放松的。如今面对镜头，我感觉到的只是一种工作状态，比如，它开机了。

这是一个回顾性的问题，旨在了解白岩松的成长过程。白岩松的回答依旧保持着他一贯的风格：实话实说——"不紧张，因为我都不知道镜头在哪里"；称赞他人——"导演告诉我，你要放松"；自信务实——"我感觉到的只是一种工作状态"。整个答问，要言不烦，语言精练，似乎并未谈自己的成长，但我们仍然能从"找镜头"到"工作状态"看到白岩松成长的足迹。

记：无论你承认不承认，你已经是一个明星，一个传媒明星。如何在明星和记者之间摆正自己的位置呢？

白：有一位年轻人曾求教于一位大提琴家："我如何才能成为一个优秀的大提琴家？"大提琴家回答说："你先成为一个优秀的人，再成为一个优秀的音乐人，然后会很自然地成为一个优秀的大提琴家。"这对我们也一样，先成为一个优秀的人，再成为一个优秀的记者或主持人。

记者的问题问得很有价值，因为对于一个明星式的记者而言这是一个必须要解决的问题。白岩松并没有正面作答，他先用类比的手法来引发我们每个人对这一问题的思考，"优秀的人——音乐人——大提琴家"的三个阶序列，让我们扩大了对记者所提问题的思考范围，无论是做主持人、记者还是其他工作，一个最基本的前提是：首先要做一个优秀的人。这样的回答充满了睿智，它不仅让我们了解了白岩松的人生态度，而且也让我们获得了人生的感悟：事业有成的基础和前提是什么？

记：我听到的观众对你的唯一的意见是，你太过严肃，不苟言笑，为什么不能在屏幕上露出一点笑意呢？

白：有不少观众说不习惯我老是一副"忧国忧民"的脸，可如果我换上一副笑容灿烂的脸是不是就习惯了呢？我以前做的节目大都是一些学生的话题，背后有太多不适于公开的背景，我笑不出来。职业病。我也曾努力笑过，但我一笑就不会说话，平常也是这样，一笑我所有的身体语言就都失去了。因此，我绝对不是故作深沉，而平常就是这样。真实是最自然的。

这是一个很有趣的话题，说它有趣，是因为观众对白岩松的屏幕印象确实如此，许多观众都想知道其中原因，可以说记者问出了许多观众想问而没有机会问的问题。白岩松的回答不但化解了观众之惑，而且表明了自己的生活态度，既诙谐幽默——"老是一副'忧国忧民'的脸"，又真挚坦诚——"我以前做的节目大都是一些沉重的话题"，而且机智警觉——"真实是最自然的"。 这样的回答，不但让我们理解了他的"严肃"，而且在对他的"严肃"深怀敬意的同时，能对自己的生活态度做出正确的定位。

　　看白岩松主持的节目我们能够感受到正义的力量，听白岩松妙答记者问我们能够感受到他人格的魅力：坦诚、质朴、谦逊、平易。 在欣赏白岩松连珠妙语的时候，希望大家能够从中学习到说话的艺术、幽默的圆融。 当一个人说话能方能圆的时候，距离成功也就不再遥远了。

用幽默钝化他人攻击

古时候，一个雪天的早晨，一个长工披着一张羊皮在财主院里扫雪。财主起床后看见了想趁机挖苦长工。于是大声说：

"喂，穷小子，你身上怎么长出一张兽皮？"

长工笑颜以对："老爷，你的身上怎么长出一身人皮？"

针尖对麦芒，长工将"兽皮"换成"人皮"，就把财主放出的恶语射向了财主自己。这位长工是机敏的，面对讽刺，他能够巧妙地回击，他虽然是一个长工，但是却不允许他人来蔑视自己的尊严。尊严，是他看重的处世之道，而面对财主的挖苦，长工用笑语反击，寓意犀利但方法却温和，想必财主也会知趣地把持沉默。

拥有幽默口才的人首先需要一种修炼，首先需要对幽默给予适度的重视以及必要的练习，将幽默地处世练习成为一种习惯，那么你将在生活中真正实现无懈可击。

具有幽默本领的人往往具备敏捷的思维能力，可以将他人的讥讽幻化成为挡箭牌，钝化了他人讥讽的同时给予强有力的回击。难怪人们总把激烈的语言交锋称为唇枪舌剑呢，有时候两片嘴唇、一条舌头，比真枪实弹的威力还要大。

人生在世，就应该慢慢体悟到圆融的处世之道。面对他人的不敬，应该用智慧、用口才去反驳，这样才能够显示自己而驳倒他人。 幽默的口才魅力恰恰在于能将棱角分明的话语表达得诙谐幽默，却不失锋利的语言威力。 从下面的案例中我们可以身临其境地感受到幽默的魅力与威力。

　　　　苏联诗人马雅可夫斯基曾与反对者进行论辩。

　　　　反对者问："马雅可夫斯基，你和浑蛋差多少？"

　　　　马雅可夫斯基怒而不露，不慌不忙地走到反对者跟前说："我和浑蛋只有一步之差。"

　　　　在场的人听了都哈哈大笑起来，那位攻击马雅可夫斯基的人只好灰溜溜地跑了。

　　　　另外，还有这样一个故事。

　　　　俄罗斯有一位著名的丑角演员杜罗夫。在一次演出的幕间休息时，一个很傲慢的观众走到他的身边，讥讽地问道："丑角先生，观众对你非常欢迎吧？"

　　　　"还好。"

　　　　"要想在马戏班中受到欢迎，丑角是不是就必须具有一张愚蠢而又丑怪的脸蛋呢？"

　　　　"确实如此，"杜罗夫回答说，"如果我能生一张像先生您那样的脸蛋的话，我准能拿到双薪。"

　　在这里杜罗夫却巧妙地把这位傲慢观众的脸蛋，同自己能否拿双薪牵扯在一起，从而产生了幽默的回击效果，对这位傲慢的观众进行了反讽。

案例中的几位主人公无不在为人处世之道中，遵循幽默的智慧，利用幽默冲锋枪将他人的攻击消灭于无形。　如果说他人的言语攻击是箭，那么幽默的口才就是在任何时候都将利箭阻挡在外的盾牌。

顾左右而言他的幽默

在语言交际中，我们难免会遭遇到一些令自己或者他人尴尬的问话，比如，涉及国家、组织的秘密，涉及个人收入、个人生活、人际关系等问题。对待这样一些提问，如果我们只用一句"无可奉告"来应对，那会使我们显得粗俗无礼，如果套用外交用语"无可奉告"来回答，那又会给提问者造成心理上的失望与不快。总之，对待这样一些古怪的问题，我们答得不好，就有可能自己给自己套上难解的绳索，使自己陷入十分难堪的泥淖，不能自拔以致大失脸面。

如处于这样的尴尬场合时，就需要具备"顾左右而言他"的幽默语言艺术，从而能使你面对尴尬而峰回路转，取得柳暗花明的喜剧效果。顾名思义，"顾左右而言他"是指，对着身旁的人，却说别的话，喻指有意避开话题而用其他的话搪塞过去的说话方式。幽默总是让生活充满欢快的情调，让严肃变得和蔼可亲。

在课堂上，老师突然叫起一位学生来回答问题，待该学生回答完毕后，却引来了同学们的一阵哄笑。因为，这位同学回答的是前一道题，与现在的问题风马牛不相及。虽然老师也笑了，但是笑过之后，他对这位同学幽默地说道："辛苦你了，快吃饭吧。"学生们听到老师如此顾左右而言他的幽默，更是笑得开怀，连那位同学也不禁笑了起来，在接下来的上课时间里，他都认真听讲了。

这位老师巧妙利用了"顾左右而言他"的幽默技法，让这位同学不至于下不来台面，同时也将自己和蔼的幽默态度感染给了大家。

顾左右而言他的幽默方法主要包括两种：直接幽默转移法和含蓄幽默言他法，又称岔换法。

直接转移法，即"装聋"技巧是幽默处世中的重要方法之一，毫无疑问，直接幽默转移法可以让你立即摆脱刚才那个令你难堪的话题，然而有一点不足的是，这样显得十分生硬。将话题飞快转向与之毫不相干的地方，看似快速甩开了为难局面，可是心理上仍然是有阴影的。因此，我们要学会更含蓄的幽默言他法——岔换法。

岔换幽默法是针对对方的话题而岔换新的话题，从字面上看是回答了对方的问题，而实质意义却是不相干的两个问题。它给人的感觉通常是幽默生动、干脆利落，能显示出一种较为强硬却不失风趣的表达气息。

比如，有个发达国家的外交官问非洲一个国家的大使："贵国的死亡率必定不低吧？"大使接过话题就立即掷出一句："跟贵国一样，每人死亡一次。"

这位外交官的问题是针对整个国家说的，而大使岔开话题直言不讳地换用"每个人的死亡"作答，幽默而机智地显示了一种针尖对麦芒的强硬态度。普希金也是这样一个善于玩转幽默的人。

大诗人普希金一次在彼得堡参加一个公爵的家庭舞

会，当他邀请一位小姐跳舞时，这位小姐极其傲慢地说："我不能和小孩子一起跳舞！"普希金很礼貌地鞠了一躬，笑着说："对不起！亲爱的小姐，我不知道你怀着孩子。"说完便离开了，而那位漂亮的小姐无言以对，脸上绯红。

利用语言的双解，普希金巧妙将话题的针对点从自己身上转到了那位漂亮的小姐身上，不露痕迹地就将自己的尴尬转化给了那位小姐。所以，我们在采用"顾左右而言他"的解围法时，应尽量把它运用得不露声色，婉转巧妙。

在幽默口才的规则中，反讽不是气急败坏地叫嚣，也不是"黔驴技穷"的狂鸣，它应该是偶尔露出的峥嵘，锐利锋芒的一现，是在幽默垫脚石中形成的处世方法。

自我调侃是一种淡定的幽默

人需要一种乐观、宽容的处事态度。拥有了这种处事态度，就不忌讳用幽默的方式来调侃一下自己。

调侃自己需要勇气，需要诙谐，更需要一份能超然物外的心境。能将自己塑造成一个局外人、一个旁观者，冷静地看待自己，看待以往所发生的事，方能找到那个困扰着我们，却始终无法寻觅的心结。

英国前首相丘吉尔一次应邀到广播台发表重要的演说。途中车出故障，他只好从路边招来一部计程车，对司机说："载我到广播电台。"

"抱歉，我不能去，我正要赶回家开收音机，听丘吉尔演讲呢！"司机说。丘吉尔给了他一笔可观的小费，司机动了心，说："我还是送您吧，不去听演讲了。"

丘吉尔于是调侃地说："开车吧！去他的丘吉尔。"

丘吉尔作为首相并没有以一种高傲的姿态去面对拒绝搭载自己的司机，他的谦逊、幽默值得学习。他没有太把自己当回事，甚至趣味十足地调侃着自己。

调侃自己，多数时候是抓住自己的短处。短处如果用正式的口气，谁也不想提起，但如果用幽默的方式，则一方面避免了尴尬，一方面还能表明自己的大度，增加亲和力。

一位矮个子学者被妻子嘲笑身材太短，这位学者笑眯眯地说："我看还是矮点好，我如果不是一米五七，现在能够著作等身吗？如果不是我身短力小，我们的战斗你能场场取得胜利吗？如果不是我矮，你能很优越地说我太短吗？"话毕，全场叫绝，众人连称海拔不高的人，只是体积小、智慧大，浓缩的都是精华。也有人说，既吹了自己，又捧了对方，自我调侃的作用真不小。

还有一个同样自嘲个子小的幽默故事。

小孙个子比较小，快30岁了还没找到女朋友。一天午饭过后，办公室里几个同事在一起聊天。同事们没心没肺地说开了："小孙啊，现在的女孩哪个能相中他！""话不能说死了，人家武大郎还娶了潘金莲呢！""哈哈，如果他能去打篮球，那该多好玩……"正在这时，里面办公室的门开了，走出一个小伙子，正是被大家嘲笑的小孙！原来他中午加班，大家的议论都听到了。一时间，大家都十分尴尬。只见小孙，不但没有生气，反而笑嘻嘻地说：

"是啊，我当不了篮球运动员了，可是打羽毛球你们谁是我的对手？下象棋，全公司谁下得过我？苏联第一个宇航员，千挑万选，还专门挑了个矮个子加加林，高个子还不行呢！再说了，哪天天塌下来，还有你们高个子替我顶着呢……"

小孙幽默的一席话，使自己也使对方走出了尴尬。大家说着笑着，还有人拍胸脯说一定要给小孙介绍女朋友呢。

在这里，针对别人说的对小孙不利的话，小孙发表了一番不卑不亢的自我调侃，不仅是对同事们嘲笑的含蓄回击，而且是对自己能力和人格的肯定，幽默的话中闪着大度、自信与自尊的光芒，让人不得不产生一种敬意。

一个以幽默调侃的语气把自己的可笑之处公之于众的人，人们不但不觉得他愚蠢，反而觉得这样的人很聪明。为什么会这样呢？因为一个能发现自己缺点和不足的人，必然是能自省的人。能把自己的缺点和不足以幽默的形式公之于众的人必然是有勇气的人。

懂得用幽默调侃自己的人是淡定的，更是有魅力的，受人尊敬的。

用模糊语言说尖锐话题

模糊语言作为幽默语言的表达形式，在处世中既能够淡化矛盾又能够保护好自己。懂得幽默智慧的人总能够巧妙地用模糊语言将尖锐刺耳的话语表达出来。

卡耐基认为，对于一些话题比较尖锐的事情，最好使用模糊语言，给对方一个模糊的意见，或者多用一些"好像""可能""看来""大概"之类的词语，显得留有余地，语气委婉一些。在幽默说话之道中，懂得运用模糊语言可以实现对自己的保护，以及对他人的不伤害。

幽默的说话方式在借鉴这种模糊表达的同时，可以令自己的语言更有分量，即在加重幽默效果的同时，能真正达到自己的沟通目的，无论这种目的是反击还是维护自己的尊严。

在一些交流场合，尤其是在一些比较正式的场合，经常可以碰到一些涉及尖锐问题的提问，这些提问不能直接、具体地回答，又不能不回答。这时候，说话者就可以巧妙地用模糊语言表达自己的意见，让双方都不感到太难堪。

足球明星迭戈·马拉多纳所在的球队在与英格兰队比赛时，他踢进的第一个球是颇有争议的"问题球"。据说墨西哥一位记者曾拍到了他用手将球打入的镜头。

当记者问马拉多纳那个球是手球还是头球时，马拉多纳意识到倘若直言不讳地承认"确实如此"，那对判决简直无异于"恩将仇报"（按照足球运动惯例，裁判

的当场判决以后不能更改），而如果不承认，又有失
"世界最佳球员"的风度。

马拉多纳是怎么回答的呢？他很是风趣地说："手
球一半是迭戈的，头球一半是马拉多纳的。"

这妙不可言的"一半"与"一半"，等于既承认球是手臂
打进去的，颇有"明人不做暗事"的君子风度，又肯定了裁判
的权威。

用模糊的语言幽默地回答尖锐的提问是一种智慧，它一般
是用伸缩性大、变通性强、语意不明确的词语，从而化解矛
盾，摆脱被动局面。

一个年轻男士陪着他刚刚怀孕的妻子和他的丈母娘
在湖上划船。丈母娘有意试探小伙子，就问道："如果
我和你老婆不小心一起落到水里，你打算先救哪个呢？"
这是一个老问题，也是一个两难选择的问题，回答先救
哪一个都不妥当。年轻男士稍加思索后回答道："我先
救妈妈。"母女俩一听哈哈大笑，脸上都露出了满意的
笑容。"妈妈"这个词一语双关，使人皆大欢喜。

我们在听政府发言人谈话，或者看一些文件、公报的时
候，常常觉得平淡无味。其实这些语言往往蕴含着非常尖锐的
意思，只是用了一些模糊化的词语，让它显得"平淡"了一些
而已。比如外交部发言人在谈话中提到"宾主双方进行了坦率
的会谈"，这里"坦率"的背后意思就是有很多争议，意见分

歧非常大；再比如"应当促进双方的交流"，意思就是双方的共识太少，彼此之间有比较深的成见。 这些模糊化的语言既达到了说明问题的目的，又起到了淡化矛盾的作用。

　　因此，尖锐的话并不一定非要用尖锐的语气来表达，用模糊的语言将尖锐的意见表达出来是一种机智，更是一种幽默的艺术。 善于为人处世，必将需要懂得语言的朦胧之美，有时候含糊其辞显示的不是无知，而是难得的大智慧。

遭遇尴尬时故说痴话

为人处世中，顾全他人的情面是很重要的一项衡量标准。在日常的生活中，我们不可避免地会遇到很多碍于情面的场面，这个时候你是保持冷静还是委屈地掉眼泪呢？

我们在不同的场合都会遭遇尴尬。尴尬的表现形式不一样，应对方式当然也有差别。用幽默语言应对的一种很好的方式，就是佯装不知，故说"痴"话，好像这种尴尬从来没发生过一样。这样的幽默糊涂法，可以给自己带来好运，帮助自己实现心想事成的愿望。

一家星级宾馆招聘客房服务人员，经理给应聘者出了一道题目：

"假如你无意间把房间推开，看见女客一丝不挂地在沐浴，而她也看见你了，这时候你该怎么办？"

第一位答："说声'对不起'，就关门退出。"

第二位答："说声'对不起，小姐'，就关门退出。"

第三位却幽默地回答："说声'对不起，先生'，就关门退出。"

结果第三位应聘者被录取了。

为什么呢？前两位的回答都让客人有了解不开的尴尬心结，唯有第三位的回答很幽默也很巧妙。他妙就妙在假装没看清，故作痴呆，既保全了客人的面子，又使双方摆脱了尴尬，这就是幽默处世的价值所在。

在社交场合，许多人遭遇尴尬以后，即使假装不在意，其实心里面还是会有个疙瘩，因为对每个人来说，面子都是非常重要的。所以，有时候当别人遭遇尴尬，你的安慰可能只会让对方感觉更没有面子，这时，故作不知，幽默地说一句痴话，让当事人释怀才是最好的方法。

其中，应对尴尬的幽默处世之道主要包括：

（1）既来之，则安之。人在尴尬时只要稳定情绪，从容应对，会很快走出尴尬境地的。

（2）糊涂到底。在一些尴尬的场合，可以装作糊涂，对于一些尴尬的问题一笑而过，幽默地把话题引到别的主题上去，这样可以保全双方的面子。

（3）智对左右为难的问题。当别人给你难题让你难堪时，千万不要紧张，要尝试运用淡定的心态以及灵活的口才，以幽默的方式，灵活应对别人的奚落，不仅娱乐了别人，还可以幽默自己的心情。

（4）可以巧借比喻，以自我解嘲的方式说几句取悦于人的话，既可以增加自己谈吐的风采，又可以活跃气氛。

寓理于事，不言自明

　　寓理于事的幽默处世是一种高境界，虽然没有用语言表达，却深谙幽默的真谛与本质。 幽默是一种生活态度，是说话处世的圆融，是一种"只可意会，不可言传"的诙谐式表达。

　　中国有句老话："只可意会，不可言传。"这句话一语道破很多无法用语言形容的景象和状况。 很多时候就是这样，比如你看到一篇佳作，你被触动了，打动了，可是如果有人说，你写篇读后感吧，那你多半就没了兴致，提笔也写不出心中的感受。

　　不过"只可意会，不可言传"，毕竟只是一个托词，对于朋友家人问的一些问题不好回答了，可以用这句话搪塞过去。然而，在公众场合，比如领导提问，记者采访或者像外交官一样代表国家形象去接受问答，这句托词就不起作用了。

　　如果对方问出一些让你非常棘手，不知如何回答的问题，该怎么办呢？ 你不回答会显得你无知，若是回答又没有贴切的语言可以描述。 这时候你可以针对提问讲一个事例，让对方认同其中包含的道理，然后将此道理幽默地应用于对方的提问，使答案不言自明。

　　如果能反被动为主动，让对方代替自己回答问题，可以说是人际应对中的较高境界了，这就需要在幽默处世中圆融地寓理于事，让他人不言自明。 为此，在说话中我们可以针对对方的提问，举出一个类似的事例，反请对方说出其中的道理，然后回到最初的问题上，说明对方的观点正是问题的答案。 一个回合下来，对方这个"系铃人"在你的诱导下不知不觉又成了"解铃人"，使你得以轻松地摆脱困境。

      罗斯福连任美国总统时，许多记者都抢着采访他，请他谈谈连任的感想。一位年轻记者破例得到罗斯福总统的接待。罗斯福没有正面回答青年记者提出的问题，而是先请他吃一块蛋糕。

      记者获得殊荣，十分高兴，他很快便把蛋糕吃完了。接着，总统又请他吃了一块。当他刚要开口请总统谈谈时，总统又请他吃第三块蛋糕。青年记者受宠若惊，肚子虽饱了，但还是盛情难却，勉强吃了下去。

      记者正在抹嘴之时，只见罗斯福总统微笑着对他说："请再吃一块吧！"

      记者实在吃不下去了，便向总统告饶。

      罗斯福总统幽默地笑着对他说："不需要我再谈连任的感想了吧？刚才您已经亲身体验到了。"

罗斯福没有直接告诉记者自己的感受，而是让他通过连吃四块蛋糕的感受，体验自己连任总统的感想，可谓在幽默的行为中说出了记者要问的问题的答案，策略可谓高明之极。

有时候语言确实很苍白，不足以表达你心里的感受，比如当你登上泰山，来到玉皇顶，看见头顶的云雾在太阳的照射下迅速退去，那种风云变幻的场景令你十分震撼。这时，如果有人在旁边问，谈一下你现在的感受吧。你一定会顿时觉得索然无味，连继续欣赏景色的兴致都消失了。因为那个时刻，不说话只默默欣赏美景才是最好的。

有的话不需要说得很明白，对于不好回答或者不方便说的话，不妨幽默地打个比喻，或者委婉推托一下，彼此也就明白，不需要无趣地盘问下文了。

幽默处世的至高境界不是侃侃而谈、极力争辩，而是通过幽默而深刻的行为将自己的道理表现出来，这个时候尽管不去争辩，却已经将对方的提问给予了最有力的说明。

艰涩问题，避实就虚

试想一下，放在你面前两块石头，一块是圆而滑润的鹅卵石，一块是布满棱角的石头，你更喜欢把哪一块拿在手里把玩呢？答案可想而知，没有人喜欢将一块棱角鲜明的东西握在手中把玩，因为那会划破自己的手掌。鹅卵石则因为其圆滑的表面而让人喜欢。

幽默处世就像这润滑的鹅卵石一样惹人喜爱，可以给人带来很微小的伤害，并在不会伤及他人的同时实现自我保护。因此，幽默的人更易受到人们的欢迎，幽默说话更容易为自己解围。

我们在工作、生活中也会经常遇到一些问题，对那些尖锐的问题，采取断然回避的方法固然不行，"意在言外"可以说是一种较高的语言境界。表面上答非所问，实际上是以退为进。因此，可以说"避锋"是为了"藏锋"，"藏锋"是为了更好地"露锋"，这样的幽默语言自然会有较强的魅力。

避实就虚的幽默方式体现的是一种迂回的思维方法。迂回思维法指的是在解决某个问题的思考活动中遇到了难以消除的障碍时，可谋求避开或越过障碍而解决问题的思维方法，这对于工作中的创新和解决问题的口才应用具有很强的启发作用。无论是在工作还是在生活中，采用闪避式回答的幽默术，可以让你的周围不再有烦恼围绕，让你的生活充满智慧的火花。

一位记者采访著名影星孙飞虎，对其简陋的住处简直难以置信，脱口而出地问道："依您的身份、地位和名声，早应该拥有几幢别墅、最豪华的设施、最高级的轿车了。可是您为什么会住在这又高又简易的单元楼？"

这种涉及隐私的问题，一时很难说清楚，回答不好，反而会使双方感到尴尬。孙飞虎眉头一皱，幽默道："夫人，高高在上不正是我身份高贵的标志吗？"

这里，孙飞虎诙谐地将自己住的楼层之高与他的演员地位之高连接起来，这一避实就虚的回答，既避免了尴尬，又活跃了谈话氛围，显示了他的机敏与风趣。

人的世界像一片热带丛林，参差多态，有美有丑。审时度势的圆融，难得糊涂的达观，是聪明人所秉持的一贯态度。

当然，再美好的想法，也仅仅是想法。一个聪明的人，不应该只是个空谈家或者空想家。说话的圆融体现的是避直就曲的幽默语言艺术，通过拐个弯的方法，规避摆在正前方的障碍，走一条看似复杂的曲线，却可以尽快达到目的。这是迂回幽默语言的智慧，也是迂回思维的魅力所在。

谐音巧用，反贬为褒

谐音，是指利用语言的语音相同或相近的关系，有意识地使用语句的双重意义，言在此而意在彼。谐音的妙用，在于能让人把话说圆而摆脱困境，甚至化险为夷。因为许多字词在特定场合中，用本音是一个意思，而用谐音则成了另一个意思。

谐音是幽默中最常用也是最具有逗趣效果的一种技法。深谙幽默之道的人总是能够轻巧地信口拈来，甚至能够"圆滑"地将贬义转化成褒义。巧用谐音，方可让言辞妙趣横生、妙不可言，给身边的人带来无限乐趣。

从前，有个宰相，他有一个名叫薛登的儿子，生得聪明伶俐。当时有个奸臣金盛，总想陷害薛登的父亲，但苦于无从下手，便在薛登身上打主意。有一天，金盛见薛登正与一群孩童玩耍，于是眉头一皱，诡计顿生，喊道："薛登，你的胆子像老鼠一样胆小，不敢砸皇门边上的木桶。"

薛登不知是计，一口气跑到皇门边上，把立在那里的木桶砸碎了一只。金盛一看，正中下怀，立即飞报皇上。皇上大怒，立刻传薛登父子问罪。

薛登父子跪在堂下，薛登却若无其事地"嘻嘻"笑着。皇上怒喝道："大胆薛登！为什么砸碎皇门之桶？"

薛登想了想，反问道："皇上，您说是一桶（统）

江山好，还是两桶（统）江山好？"

"当然是一统江山好。"皇上说。

薛登高兴地拍起手来："皇上说得对！一统江山好，所以，我便把那只多余的'桶'砸掉了。"

皇上听了转怒为喜，称赞道："好一个聪明的孩子！"又对宰相说："爱卿教子有方，请起请起！"

金盛一计未成，贼心不死，又进谗言道："薛登临时胡编，算不得聪明，让我再试他一试。"皇上同意了。

金盛对薛登"嘿嘿"冷笑道："薛登，你敢把剩下的那只也砸了吗？"

薛登瞪了他一眼，说了声"砸就砸"便头也不回，奔出门外，把皇门边剩下的那只木桶也砸个粉碎。

皇上喝道："顽童！这又如何解释？"

薛登不慌不忙地问皇上："陛下，您说是木桶江山好，还是铁桶江山好？"

"当然是铁桶江山好。"皇上答道。

薛登又拍手笑道："皇上说得对。既然铁桶江山好，还要这木桶干什么？皇上快铸一个又坚又硬的铁桶吧！祝吾皇江山坚如铁桶。"

皇上高兴极了，下旨封薛登为"神童"。

谐音是一语双关的表现形式之一。 在上面的故事中，薛登之所以能够化险为夷，就在于他巧妙地运用了谐音把话说圆了。 古人有这样的智慧，现代人也并不缺少。

一日，小君请了两位要好的朋友到家中小坐，几人猜拳行令，好不痛快，谈及三兄弟友谊，更是情深意笃。小君掏出好烟，又一一给两人点上，然后又给自己点上。谁知当他熄灭火柴扭头准备劝酒时，却见两位朋友拉着脸。小君一寻思：坏了！三个人不能同时用一根火柴点烟，因一根火柴点三次火的谐音是"散伙"。

面对这尴尬的场面，小君并没有用"对不起""请原谅"等客套话解围，他一笑说："咱们这地方都说三个人用一根火柴点烟的意思是'散伙'，我感到不对。我的解释是，三个人用一根火柴点烟是三个人不分你我，是'仨人一伙'的意思。所以今天我特意用一根火柴点三支烟，我们三人今后永远是一伙的，有福同享，有难同当。哥们儿，你们说对不对呀！"经小君这么一解释，两位朋友都乐了："是！我们永远是一伙的。"

小君面对尴尬的局面，遇事不慌，幽默地用谐音解释了词义，反贬为褒，不仅使误会消除了，而且加深了他们之间的友谊。

有时候出错是不好掩盖的，因为欲盖弥彰。这时候需要的是打破那种不快的气氛，让大家都能够释怀。用谐音幽默地把话说圆，就是让大家释怀的一种最佳方式。

第六章

人际往来，这样幽默最有效

初次见面：幽默加深第一印象

在社交场合，赢得他人好感的重要因素来自于第一次见面的印象。 在这个讲求效率的时代，初次见面的印象显得更加重要。 心理学上说的"首因效应"，在这个时代已经成了金科玉律。 也就是说，你留给别人的第一印象，很大程度上会影响这个人对你的看法。 幽默作为陌生人之间最经济的见面礼，却具有最强大的震慑力。 从容、淡定的幽默会给他人留下平和的记忆与友善的印象。

之所以提倡运用幽默加深第一印象的重要性，是因为"第一印象"是你在与人初次接触时给对方留下的形象特征。 第一印象在人际交往中所具备的定式效应有很大的稳定性，一个人留给他人的第一印象就像深刻的烙印，很难改变。 每个人都具有对他人构成第一印象的幽默能力。

心理学家研究发现，第一印象的形成是非常短暂的，有人认为是在见面的前 40 秒钟形成的，有人甚至认为只有 2 秒钟。 在现实生活中，有时这几秒钟就可以决定一个人的命运。 因为在生活节奏如此之快的现代社会，很少有人会愿意花更多的时间去了解、证实一个留给他不美好的第一印象的人。

何况陌生人之间的幽默在社交中占有很大的幽默空间，毕竟在这个社会上，与熟悉的人在一起的时间总是有限的，而社会交际的根本就是要接触更多的陌生人，将更多的陌生人转化为自己的朋友，进而为自己的事业、人生开拓出一片光明的坦途。

有一次，一位漫画家到山西汾酒厂进行参观，与该厂厂方负责人初次见面的时候。厂长负责人欢喜地说道："先生，久闻大名啊。欢迎你的到来，真是让我们厂子蓬荜生辉啊。"

漫画家听后则幽默地说道："可我是大闻酒名啊！"

漫画家巧妙地将厂方负责人的"久闻大名"调换了位置，变成了"大闻酒名"，擅用谐音的幽默技巧，将"久"与"酒"进行了巧妙的联想与对接。幽默中表达了自己的谦和以及真诚的一面，又将对方的酒进行了评论与赞美，可谓是妙语双绝，是初次见面幽默的上品。

有人曾经说过这样一句话，所谓城市的生活就是几百万人在一起所感受到的寂寞。毕竟几百万人的城市中，每一天我们都会在有意无意中获得初次见面的机会。这个时候，不要让自己板起的面孔吓走将来的朋友。哪怕不是朋友，也要时刻用幽默来包装自己的心灵，毕竟幽默的人带给大家的不只是欢笑，更有内心的充实与豁达。

如果你是一个有幽默感的人，就不要吝啬幽默。所以，有人打趣地说："第一印象犹如童贞，一旦失去，便永不再来。"难怪英国著名形象设计师罗伯特·庞德曾说："这是一个两分钟的世界，你只有一分钟展示给人们你是谁，另一分钟让他们喜欢你。"所以在与陌生人交往的过程中，你一定要好好抓住两分钟的印象效应时间，保持微笑，一句开朗而有活力的玩笑，会拉近两人的距离感。如："你好，你长得好温顺啊，像小绵羊。"

总之，形象是社交的第一印象，语言又是形象的代言人，在与人交往中，要学会说出漂亮的幽默语言，给人一种积极向上的乐观的印象，有利于受人喜欢，开阔自己的社交圈子。

因此，你的幽默语言必须符合以下几点：

如果你不想成为同行的笑柄的话，你的表达必须合体；

如果你不想让同行或客户鄙视的话，你的幽默必须庄重；

如果你不想让人看出你的性格或爱好的话，你的语言必须是保守、得体的。

幽默公关，说服助你成功

俗话说："万事开头难。"向别人提出要求是件很难做的事情。不仅是你，对方也会感到有一定的麻烦存在。所以，幽默的语言手段对公关非常必要。彬彬有礼的幽默语言是最好的敲门砖，讲究分寸就会让人难以拒绝。

人都是情感动物，只要你能打动他，他必然会欣然应允你的要求，而适当的幽默策略会使沟通的气氛变得友好、和谐，因此，无论是间接请求还是述因请求，在提要求或者做宣传的时候尽量幽默一些，不给对方压力，也不要使自己压抑。幽默的说话技巧让你在公关场合如鱼得水。

公关，通过与人交涉来开展自己的业务，公关的成败在于口才，口才的关键在于对幽默度的把握。

某个县城的一家银行就恰恰运用了幽默的公关术，利用广告幽默为自己的业务带来了红火的场面。

这家银行在分行开张的时候，在报纸上登载了一则幽默的广告，广告将银行职员姓名与一些有趣的漫画人物结合在了一起。这一下子引起了当地人的极大兴趣，争相前来观看。就在开幕仪式结束后还有很多人慕名前来拜访，其中有的人甚至将报纸上的漫画人物与银行的工作人员一一进行比较。

如此一来，银行的知名度打开了，销售业绩步步高升，漫画给银行带来了效应，更确切地说是幽默公关给银行带来了利润。

像这家银行一样利用幽默来实现顺利公关、打开品牌销路的例子不胜枚举。如美国的一家打字机公司就曾这样幽默地打出自己的广告语："不打不相识"；有家餐厅的广告语这样说："本店征招顾客无数名，无须经验"。广告作为公关的范畴，最终目的就是为了激发人们潜在的购买欲，最终实现购买行为。而幽默是公关业务最有力的说服。

另外，幽默公关的技巧包括：

（1）公关交谈，没话要找话，找话要有趣味。

真正的幽默高手，不会出现冷场的尴尬局面，因为他们总是能够在适当的时候找到合适的话题来打破沉寂的场面。公关是一个公司综合发展的重要媒介，公关的幽默口才对商谈的进程起到了毋庸置疑的重要作用。

幽默可以让优秀的公关人员在轻松的交谈中没话找话说，能够引导整个交谈的局势，在交谈中处于积极主动的地位，从而促进商务活动的开展，实现强有力的合作。

（2）幽默激将，求人将妙不可言。

激将法是幽默公关中的一种战略口才，虽然没有幽默的说辞，也不会给别人带来搞笑的趣味，但是它确实在运用幽默的周旋技法来达成自己的愿望。

使用幽默激将法往往能够使对方感情冲动，从而去做一些他在平常情况下可能不会去做的事。求人时，尤其是求熟人的时候，就得学会利用一下感情，摸透对方心理，采用幽默味十足的激将法，他就会动用他的所有关系，尽力帮你把事办好，以显示其威力。

激将法并不是每一个人都能够运用得恰到好处，幽默的激将法不仅仅是内在幽默生活态度的体现，更是一种圆融的说话智慧。 学会幽默地表达，说服他人无法说服的人，做到他人难以做到的事情。

出乎意料：幽默应"话"而生

　　现代社会是一个发展迅速、竞争激烈、优胜劣汰的社会，不少人有社交的强烈愿望，却喜欢把自己封闭起来。其实，与人交往我们也主张有颗幽默的"笑"心，要懂得给自己身边的人带去真诚的欢乐。如果我们互相戒备，见面只说"三分话"，这谈不上是正常的交往，正如谢觉哉同志在一首诗中写道："行经万里身犹健，历尽千艰胆未寒。可有尘瑕须拂拭，敞开心扉给人看。"幽默则是敞开心扉给人看的一把最有效的心锁。

　　幽默的沟通之所以不同于一般的沟通，很大程度上体现的是语言的技巧性。它来自于思维的奇巧，借助于特定的语汇、语气、表情甚至姿态。幽默语言功夫的练就主要是从幽默的创造性入手。幽默之所以能让他人印象深刻、大笑不止，就在于幽默出乎意料于情理之中。也就是说幽默人往往联想的跨度大，但又将话语说得巧妙、合理。

　　钢琴家波奇一次在美国密歇根州的福林特城演奏，发现全场有一半座位空着，他很失望。演出完毕，他还是大步走到台前，向听众表示谢意，并对听众说："朋友们，我发现福林特这个城市的人都很有钱，我看到你们每个人都买了两三个座位的票。"于是，在座的听众放声大笑，使劲鼓掌。

170

波奇的设想令人惊奇，他的结论令人会意。当大家发现表演场只坐满了一半人数的时候，大家或许会为波奇觉得尴尬，然而波奇的话语却完全颠覆了大家的顾虑，他用极其幽默的话语，出乎意料地表达了自己对来宾的欢迎。他不仅使自己摆脱了困境，而且更赢得了听众的尊重。

在众目睽睽之下，被人泼了冷水并不一定就是丢掉了面子。其实每一个人都有面子，都讲求自尊，然而你最珍贵的面子在于自身的生活态度以及人格魅力。

苏格拉底的妻子是一位脾气暴躁的女人。

有一天，苏格拉底正和他的学生谈论学术问题，他的妻子突然跑了进来，不由分说地大骂一通，接着又提起装满水的桶猛泼过来，把苏格拉底全身都弄湿了。

学生们以为老师一定会大怒，然而出乎意料的是，他只笑了笑，风趣地说道："我知道打雷之后，一定会下雨了。"

学生们听了，不禁哈哈大笑，他的妻子也退了出去。

苏格拉底的幽默，首先就在于出乎人们意料，谁也想不到他会将妻子的大骂比作了雷声，而将妻子泼给自己的冷水比成了雨水，一句"我知道打雷之后，一定会下雨了"将尴尬的境况顿时扭转。学生们不会再去注意自己的老师有多丢脸，而是欣赏自己的老师居然拥有着如此大的气度。

苏格拉底的比喻，可谓出乎意料，却又是合乎情理、妙不可言，因而会使学生们忍不住大笑起来。显然，我们在前面所说的幽默的各种作用，都收到了效果。 人们感到这位哲学家温厚可亲，有强烈的感染力，值得他人尊重。

出乎意料，是幽默的最基本的特质，带给人们的往往是耳目一新的喜悦感，出乎意料的幽默语言是魅力的光环，是达观气质的表现，懂得运用出乎意料来给他人增添快乐，是驰骋于社交场合的必胜法宝。

玩笑自嘲：用谦逊赢得影响力

人们总抱怨说幽默很难，其实幽默很容易，只要你学会嘲讽自己，你天天都是幽默的。开个玩笑自嘲一下，没有人会笑你傻，真正傻的人是不懂自嘲的"聪明人"。

如果我们有风趣的思想，我们就可以充满自信地面对自己的缺点，比如不尽如人意的身高，或者不够漂亮的脸蛋，或者是不够完满的工作环境与生活状态，当你换一种角度看待自己所经历的一切，乐观地享受此刻的不快，不久之后，我们就会发现豁然开朗的另一片天地。因此，不妨试着在顺境的时候自嘲一番，在逆境的时候也自我幽默一把，相信好的运气将要来临。

幽默的生活态度总是能够给我们带来新的视角，总是能够让我们运用一颗平常心应对生活中的苦与乐。玩笑自嘲，作为一种谦逊而又豁达的气量，让我们在与人分享欢乐的同时，享受到一份温暖和谐的人际关系。

自嘲是自己对自己的幽默，是消除自己在社交场合、与人沟通中胆怯的良方。自嘲是运用戏谑的语言，向别人暴露自身的缺点、缺陷与不幸，说得直接一些，就是把脸上的灰指给对方看。俗话说得好："醉翁之意不在酒。"自嘲同样是这个道理，自嘲在社交活动中有着独到的表达功能以及实用价值。

长篇小说《围城》重版，《谈艺录》与《管锥篇》问世以后，钱钟书的名声日盛，求访者愈来愈多，钱钟书又有不愿意接受访问的脾气。有一天，有一个英国女人打电话给他，要求拜访，钱钟书在电话里不无幽默地说："如果你吃了一个鸡蛋感觉很好，又何必认识那只下蛋的母鸡呢？"

　　钱钟书自比"母鸡"，虽然是有意贬低自己，却是在说英国女人没有必要来拜访他。正如人们喜欢谈论一些关于别人的笑话一样，在适当的时候，拿自己开开玩笑，自我解嘲。

一个懂得自嘲幽默的人必定是一个社交高手，是一个在与人交往中能够独守个性与乐观的人。自嘲可以巧妙地把陷自己于不利的因素，用一种荒诞的逻辑歪曲成有利因素，将自己从困境中解脱出来。

　　自嘲可以使人们在笑的同时，把你的窘态忘得一干二净。所以，巧用自嘲，既可以使自己在众人中平添风采，又能在幽默、风趣、令人愉悦的情况下，取得皆大欢喜的结果。

　　世界上最不幸的就是那些既缺乏机智又不诚恳的人。很多人常常自以为很幽默，经常喜欢拿别人开玩笑，处处表现出小聪明，结果弄得与他交往的人不敢再信任他，以前的朋友也会敬而远之，纷纷躲避。

　　适当地拿自己开开玩笑吧，这不仅是一种机智，更是驱散忧虑、走向快乐的法宝。

以问作答：用幽默来应付对手

鲁迅说："用玩笑来应付敌人，自然也是一种好战法，但触着之处，须是对手的致命伤，否则，玩笑终不过是一种简单的玩笑而已。"玩笑是幽默的一种表现形式，在幽默的范围中，只有正面的、积极的、恰到好处的幽默才能被归入幽默的圈子。

因此，幽默可以是玩笑，但是玩笑并不一定就是幽默，幽默可以用来维护自己的尊严，却不乐意用来攻击他人的尊严。

这个社会上不乏一群总喜欢用玩笑中伤他人的人，他们总是扫别人的兴，以别人的难堪为快，品质恶劣至极。我们如果刻意躲闪，反而使自己更加手足无措，使他人得意忘形。因此，我们必须懂得幽默反击，让那些"伪君子"自惭形秽于幽默的石榴裙下。

1988 年，美国第四十一届总统进行竞选。民意测验表明：8 月份前，民主党总统候选人杜卡基斯，尚比共和党总统候选人布什多出十多个百分点。当布什与杜卡基斯进行最后一次电视辩论时，布什巧辩的策略是，抓住对方的弱点，揭其要害，戳在痛处，从而让对方陷入窘境。杜卡基斯嘲笑布什不过是里根的影子，嘲弄式地发问"布什在哪里"。布什却幽默、轻松地回答了他的发问："哦，布什在家里，同夫人在一起，这有什么错吗？"

布什的幽默与杜卡基斯的人身攻击正好形成鲜明的对比，杜卡基斯的玩笑是用来揭人之短，布什的幽默则是在为自己的涵养告白，虽是平淡的一句，却语义双关，既表现了布什较高的道德和幽默的品质，又讥讽了杜卡基斯的风流癖好，置杜卡基斯于极尴尬的境地。

社交场是没有硝烟的战场，不懂得说话的人将会活得很尴尬，不懂得幽默的人更会活得不够圆融。有时，别人可能用指桑骂槐的方式对你进行猛烈的人身攻击，侮辱你的人格。对此，你如果质问对方，正面回击，可能正中对方下怀，他会说，他并没有指你，你为什么要往自己头上硬扯？要回击这类人身攻击，最好的办法是采用同样含沙射影的幽默方式反击对方，取得以用制隐的效果。

林肯作为美国总统，他对政敌的态度引起了一位官员的不满。他批评林肯不应该试图跟那些敌人做朋友，而应该消灭他们，包庇敌人是在为难自己。

面对质问，林肯面不改色，温和而略显幽默地说："当他们变成我的朋友时，难道我不是在消灭我的敌人吗？"

上述的幽默，只是"举隅"而已。有个成语，叫急中生智，幽默的应变能力正是这种急中生智的诙谐表现。要做到幽默中有随机应变，就需要灵敏的思维、丰富的语汇、渊博的知识和娴熟的技巧。只有掌握了各种应付尴尬局面的幽默技巧，受人责难时才能使自己立于不败之地，才能成长为社交中的佼佼者。

淡化感情色彩：幽默融化交际之冰

社交过程中，并不是一帆风顺，当你在公众交往中遇到了让自己尴尬、让他人尴尬、让自己为难、让他人为难的境况时，不要着急摆脱，学会运用幽默的智慧将谈话的感情色彩淡化，才能将交际之冰巧妙融化。

幽默口才有如春风一样让人心旷神怡，愉悦人的情感，让你在亲切友好的氛围中拉近双方的距离。毋庸置疑，这就是幽默在交际中的魅力与威力。

因此，在社交活动中如果遇到让人尴尬而不满的情景，最好不要生硬地表达不满，而要学会运用幽默的圆融，淡化感情色彩，转移尴尬与不舒服的情绪注意力。

在纽约国际笔会第四十八届年会上，轮到陆文夫发言。面对来自世界40多个国家的600多位代表，他不慌不忙，侃侃而谈。

有人问："陆先生，您对性文学怎么看?"这是一个尖锐的问题，回答不好会涉及不同国家的文化冲突问题。

陆文夫清了清嗓子风度翩翩地说："西方朋友接受一盒礼品时，往往当着别人的面就打开来看，而中国人恰恰相反，一般都要等客人离开以后才打开盒子。"

听众席里发出会意的笑声。陆文夫面对难以回答的问题，别出心裁地用一个充满睿智和幽默的生动比喻，把一个敏感棘手的难题解答得既简练通俗又圆满精辟。凭借诙谐的语气表示自己对此态度的认同，淡化了感情色彩。

无独有偶，英国前首相丘吉尔也曾经在公众场合遭遇了尴尬。但是，他没有被突如其来的嘲笑所吓倒，因为幽默的智慧远远胜过嘲笑的挑衅。

英国前首相丘吉尔在他执政的最后一年，出席一个政府举办的仪式。在他身后不远的地方有几个绅士窃窃私语："你看，那不是丘吉尔吗？""人家说他现在已经开始老朽了。""还有人说他就要下台了，要把他的位子让给精力更充沛更有能力的人了。"当这个仪式结束的时候，丘吉尔转过头来，对这几个绅士煞有介事地说："唉，先生们，我还听说他的耳朵近来也不好用了。"

丘吉尔知道，自尊自爱就要以适当的方式来表达自己的思想感情，他在这里的幽默一语，既淡化了感情色彩，给自己解了围，表达了不满，又使那些绅士自讨没趣。

社交场合碰到别人不恭的言行，还真不能发作，但憋在心里也不好受。海明威曾说过："告诉他你不高兴，但在话中别出现'不高兴'这个词。"把表示不满的语言用幽默的语言掩饰一下，让对方知道你不高兴，又不至于破坏友好气氛，是个不错的方式。

在社交场合中，随时都可能遇到"结冰"的状况，灵活的人会选择用幽默的沟通方式破除不和谐的"坚冰"。淡化感情的幽默技巧，是走上成功社交之路的法宝，是我们在现代生活中立于不败之地的重要技能。

有尊严的幽默才能征服人心

社交需要幽默的口才与智慧，更需要维护好自己的尊严。随之而来，有尊严的幽默的重要性不言自明。 俗话说人活一张脸，树活一张皮。 一个人的自尊是最宝贵也是最脆弱的。 因此，很多幽默高手在批评别人时，都会选择一种委婉、含蓄的方式，而不是不看场合、直言直语、大批一通。 因为这样会令对方难堪至极，不但达不到批评教育的目的，日后对方也会对此心生忌讳。 聪明的幽默人总是在发现对方的不足时，想办法找个机会私底下向他透露，而且批评也较为含蓄，他会将批评隐藏在玩笑中，这样就能让对方很容易地接受建议了。

所以，尊重别人，在私底下指出其缺点，既是对别人的尊重，也会赢得别人对你的尊重。

乌克兰诗人塔·格·谢甫琴科，于 1814 年生于一个农奴之家。他后来虽然赎了身，却因为写了许多革命诗歌，被流放到奥伦堡草原。他为人幽默而倔强，尤为傲视权贵。谢甫琴科喜欢随渔民去划船，捕鱼后就到小店去闲坐。

有一次，他在那儿遇见一位权贵，此人和他聊了一会儿，分别时，他向谢甫琴科伸出手来，却只给了一个指头，说："当我向地位相等的人表示敬意时，我伸出双手；比我低一级的人，我伸出四个指头；再低一点的

是三个指头；更低一点的是两个指头；对其他一切人则
是一个指头。"

谢甫琴科幽默地笑道："我是个农民，没有官位，
怎么办呢？先生，我给你半个指头吧。"说罢，他将拇
指夹在食指与中指之间，露出半个指头，向权贵伸出
手去。

谢甫琴科面对尊严的挑战，没有正面表现出愤慨，反而以
相对温和的语言幽默讽刺了自傲的权贵，用自己伸出的半个指
头藐视了权贵的蛮横。有尊严的幽默是一种防卫的软实力，巧
妙地为自己的尊严找到了宣泄的方式。幽默的缓和却表达出并
不幽默的强硬。

爱默生曾经说过，当我们真正感到困惑、受伤，甚至痛苦
时，我们会从柔弱中产生力量，唤起不可预知无比威力的愤慨
之情。人立命于世，首先要自尊自重，社交中如果遭到歧视，
绝不低头，在强大的势力面前不卑不亢，这样才会赢得别人的
敬重。尊重是一种征服。

美国前总统威尔逊在一次竞选演讲中，遭到一个捣
乱分子的挑衅。演讲正在进行，捣乱分子突然高声喊叫：
"狗屁！垃圾！臭大粪！"这个人的意思很明显，是骂威
尔逊的演讲臭不可闻，不值得一听。威尔逊对此感到非
常生气，但只是报以微微地一笑，安慰他说："这位先
生，我马上就要谈到你提出的环境脏乱差的问题了。"
随之，听众中爆发出掌声、笑声，为威尔逊的机智幽默

喝彩。

威尔逊面对他人在公众瞩目之下的谩骂，没有动怒，更没有做出任何的反驳，他冷静的幽默，不仅保全了自己的风度，实则更加猛烈地反击了捣乱分子的不敬言辞。因为他已经让自己的实际行动回复了捣乱分子的无理取闹，一个在如此谩骂声中都能够泰然处之的人，怎会与"垃圾"混为一谈？

自尊之心，人皆有之。人们一旦投入社交，无论他的地位、职务多高，成就多大，无不关心外界对自己的评价，由于来自外界评价的性质、强度和方式不同。在社交场合上，无论是举止或是言语都应尊重他人，切忌以别人的隐私、过失、缺陷等"伤疤"为笑料，当众揭丑，换取无聊的笑声。这种拿人取乐式的玩笑，不是好口才的表现，违背了幽默的本质，它虽然能表现你的"机智"，给人带来"哈哈"的笑声，但同时却让受伤害的人烦恼和怨恨，严重地影响了人际关系和正常交往。

淡定一笑：多点雅量面对嘲笑

面对他人的嘲笑，一定要有胸襟、雅量，能够幽默地面对他人的嘲笑则是一种境界，同时也是一种做人的智慧。 幽默，所体现的正是大度与乐观的生活姿态。 幽默不仅让我们感受到了快乐的力量，而且能够让我们体会到人性的豁达与包容。

在社交中，受到他人的称赞与尊重固然是值得高兴与欣慰的事情，但毕竟一个人的言行举止不可能满足各种人士的"口味"。 因此，人在"江湖"难免会受到一部分人尊重的同时，也会受到另一部分人的嘲笑。 当友善的自己遇到他人的嘲笑时，不妨多点幽默的雅量来面对。 幽默会让你看淡他人的无礼，看重自己的人格提升。

因此，幽默的社交不仅是让他人看到、听到你的幽默口才，更重要的是能让人感受到你幽默的内心与大量的生活态度。

曾任美国总统的福特在大学里是一名橄榄球运动员，体质非常好，所以他在 62 岁入主白官时，他仍然非常健康。当了总统以后，他仍继续滑雪、打高尔夫球和网球，而且擅长这几项运动。

1975 年 5 月，他到奥地利访问，当飞机抵达萨尔茨堡，他走下舷梯时，他的皮鞋碰到一个隆起的地方，脚一滑就跌倒在跑道上。他站起来，没有受伤，但使他惊奇的是，记者们竟把他这次跌倒当成一项大新闻，大肆渲染起来。在同一天里，他又在丽希丹宫被雨淋湿的长梯上滑倒了两次，险些跌下来。随即一个说法散播开了：福特总统笨手笨脚，行动不灵敏。自此以后，福特每次跌跤或者撞伤头部或者跌倒在雪地上，记者们总是添油加醋地把消息向全世界报道。后来，竟然反过来，他不跌跤也变成新闻了。哥伦比亚广播公司曾这样报道说："我一直在等待着总统撞伤头部，或者扭伤胫骨，或者受点轻伤之类的来吸引读者。"记者们如此的渲染似乎想给人形成一种印象：福特总统是个行动笨拙的人。电视节目主持人还在电视节目中和福特总统开玩笑，喜剧演员切维·蔡斯甚至在"星期六现场直播"节目里模仿总统滑倒和跌跤的动作。

福特的新闻秘书朗·聂森对此提出抗议，他对记者们说："总统是健康而且优雅的，他可以说是我们能记得起的总统中身体最为健壮的一位。"

"我是一个活动家，"福特幽默道，"活动家比任何人都容易跌跤。"

他对别人的玩笑总是一笑了之。1976 年 3 月，他还在华盛顿广播电视记者协会年会上和切维·蔡斯同台表演过。节目开始，蔡斯先出场。当乐队奏起"向总统致敬"的乐曲时，他"绊"了一脚，跌倒在歌舞厅的地板上，从一端滑到另一端，头部撞到讲台上。此时，每个到场的人都捧腹大笑，福特也跟着笑了。

当轮到福特出场时，蔡斯站了起来，佯装被餐桌布缠住了，弄得碟子和银餐具纷纷落地。蔡斯装出要把演讲稿放在乐队指挥台上，可一不留心，稿纸掉了，撒得满地都是。众人哄堂大笑，福特却满不在乎地说道："蔡斯先生，你是个非常非常滑稽的演员。"

面对嘲笑，最忌讳的做法是勃然大怒，大骂一通，其结果只会让嘲笑之声越来越炽。要让嘲笑自然平息，最好的办法是运用幽默的姿态一笑了之。一个有幽默感的人，不会去考虑别人多余的想法，而是有风度、有气概地接受一切非难与嘲笑。伟大的心灵多是海底之下的暗流，唯有小丑式的人物，才会像一只烦人的青蛙一样，整天聒噪不休！

这再次证明了幽默是一种比搞笑更出色的影响力，幽默是尴尬与拘谨的克星，幽默让一个有涵养的人懂得用雅量去面对他人的嘲笑。

在社交过程中，以讥讽应对嘲笑，只会降低自己的品格，让他人的嘲笑声再次风起云涌。多点雅量面对嘲笑，是对自己的自信，对他人的包容，是淡定的从容积淀出来的优雅。有了雅量的人生，就是充满尊敬、赞扬与幽默的一生。

第七章

会幽默，就能办好难办的事

幽默道歉，谅解不请自来

几乎对所有人来说，道歉不是一件很轻松的事情，道歉会让大家感觉到难为情。如果做错了事情，就要请求他人的原谅。道歉也是一门很有学问的艺术。学会幽默，道歉也会变得容易，而没有我们想象中的那么难以启齿了。试着幽默地表达自己的歉意，这不仅不会让我们觉得没有"面子"，还可以很好地化解难题。

夫妻之间，发生争吵的事情犹如家常便饭，这不，老孙又跟妻子吵架了，他们相互赌气，一连好几天都互不理睬。老孙就想，自己作为男子汉大丈夫，和老婆计较显得太不大度，于是，他想了一个办法，和妻子轻松地和好如初了。

这天晚上，在睡觉之前，老孙在床头柜上放了一张字条，上面写着："孩子他妈，明天，请在早上6点钟叫醒我，我有急事需要处理。孩子他爸。"

第二天早上，老孙一觉醒来，却发现已经7点了，当时他就想，妻子没有叫醒我，难道她还没有原谅我的意思，正要生气，却看到床头柜上有张字条，上面写着："孩子他爸，快醒醒，快醒醒，已经6点整了。孩子他妈。"看到这个字条，老孙再也气不起来了，不禁笑出声来。拿着这张字条跑到妻子面前，没想到妻子也笑了。

直白地道歉可以有立竿见影的效果，幽默含蓄的道歉方式同样可以赢得爱人的欣赏和认同。老孙和妻子之间这种无声的道歉方式实在是非常高明。以幽默的情景喜剧来代替干瘪乏味的语言，解决日常生活中的分歧，最后可谓是皆大欢喜，有一个快乐的结局。

马先生在外忙着做生意，所以经常会忘记太太的生日。马太太为此跟他有过好几次不愉快的事情，所以马先生便向马太太保证说以后一定记得她的生日了，会给她庆祝。但是，不巧的是，马太太今年的生日，他又忘掉了。生日过了三天他才想起来。虽然如此，他还是给老婆买了一个精美的礼物，然后送到马太太的面前，说："亲爱的老婆大人，你的样子真是太年轻了，我都没能反应过来你又长了一岁。这也难怪我记不得你的生日。"本来马太太还一直对这件事情耿耿于怀，但是，看到老公为自己选了礼物，并且还说了一句这么会心的话。就没有了脾气，也忘记了丈夫犯的过失。

马先生在弥补自己过失、给太太道歉的同时，幽默地声称是因为自己没有察觉到老婆已经老了一岁，因为自己的老婆看起来依旧那么年轻，所以会忘记她生日的来临。马先生如此巧妙幽默地借机称赞马太太年轻貌美，这样的道歉，即使是再生气的太太也会无力拒绝。

如果你正为自己做错了事而苦心烦恼，想着要如何向对方道歉的话，那就尝试着施展一下自己的幽默魅力吧。因为，幽默是一种人生的态度，是一道精神的出口，是一杯生活的美酒。

　　如此说来，对掌握幽默本领的人来说，道歉并不是一件难事。懂得用幽默道歉，可以让自己的精神世界变得丰富多彩起来，进而连动自己在客观世界中的快乐，没有人会忍心拒绝诚挚与快乐的致歉方式。所谓世上无难事，只怕幽默人。

活学活用的灵性让谐趣顿生

人的一生，都需要不停地学习。这个学习包括两个方面，第一种是学习文化知识，如学生们每天坐在教室里听老师讲课；另一种则是在实践中学习，学习各种技术。学习的效果也可以分成两种，一种是潜移默化式的，另一种就是立竿见影式的——我们把这一种叫作活学活用。在做事的幽默技巧中也有一种方式叫作活学活用式的幽默。

活学活用式的幽默是指在学习别人的做法时，立刻理解并掌握别人的方法，然后将这种方法运用到自己的实践中来，当时学习，马上应用。

一次，小王向邻居借了一笔钱，借钱的时候，说好一个月后归还。一个月后，邻居向他要钱，他故作惊讶地说："我没有借你的钱呀！"邻居看了看他说："你忘了吗？上个月的时候，你向我借的。"

小王故作惊讶地说："对，的确上个月我借了你的钱，但是，你应该知道，哲学上讲'一切皆流，一切皆变'。现在的我已不是上个月向你借钱的我了，你怎么叫现在的我为过去的我还钱呢？"

邻居气得一时无言以对，他回到家里，想了一会儿，拿了一根木棍，跑到小王家里狠狠地把小王痛打了一顿。小王抱着头气势汹汹地叫道："你打人了，我要到法庭去告你，等着瞧吧。"邻居放下木棍，笑嘻嘻地对小王说："你去告吧，你刚才不是说'一切皆流，一切皆变'吗？现在的我，早已不是刚才打你的我了，你确定要去告，就告那个刚才打你的那个我吧。"小王听了，无话可说，被饱打一顿，也只好自认倒霉了。

一个吝啬的老板叫仆人去买酒，却没有给他钱，仆人问："先生，没有钱怎么买酒？"老板说："用钱去买酒，这是谁都能办到的，如果不花钱买酒，那才是有能耐的人。"一会儿，仆人提着空瓶回来了。老板十分恼火，责骂道："你让我喝什么？"仆人不慌不忙地回答："从有酒的瓶里喝到酒，这是谁都能办到的。如果能从空瓶里喝到酒，那才是真正有能耐的人。"

不花钱买酒与空瓶里喝酒一类比，其内在就出现了针锋相对的矛盾，谐趣顿生。仆人"现炒现卖"的学习灵性，表现了仆人的智慧。

球王贝利向足球爱好者们赠送过各式各样的礼物，像明信片、手帕、袜子、护腿、球鞋、球衣，等等，甚至有几次他被球迷团团围住，不得不剪下头发相赠。

在一次比赛之后，有个足球俱乐部的老板，挤到贝利跟前，竟然向贝利要"几滴血"，他央求贝利道："请给我几滴血吧，我要把您的血输到我的球队的中锋身上，这样会大大增强他们比赛的意志。"

贝利风趣地答道："先生您能不能送我几滴血呢？

那样就能大大增加我的财气了！"

输贝利的血能增强比赛的意志，那么输老板的血自然也就应该能增加财气了！ 只要前者能够成立，那么后者也应该能够成立！ 看来贝利不仅是球王，而且还很有"学以致用"的幽默精神。

活学活用式的幽默同别的幽默技巧，如以谬还谬，仿造仿拟式的幽默有共通相似的地方，也有不同的地方。 活学活用式的幽默关键的地方是要尽快学习掌握对方的方式方法，深刻地理解对方的意图。 然后就是马上学以致用，将学到的方式方法尽快投入使用。 在这一使用过程中，要注意应巧妙地置换条件，否则按照正常的方式去理解，则没有幽默可讲了。 幽默的力量只有突破常规才能显示出来。

幽默装傻与因势利导的应变

美国前总统威尔逊在担任新泽西州州长时，曾接到华盛顿的电话，通知他代表新泽西的议员，他的朋友去世了。威尔逊深为震动，立即取消了自己当天的一切活动。几分钟后，他接到了新泽西州一位政治家的电话。"州长，"那人支支吾吾地说，"我希望代替那位议员的位置。""好吧，"威尔逊慢吞吞地说，"要是殡仪馆同意，我本人完全赞同。"

很明显，那位政治家想要代替的"位置"是政治地位。威尔逊是不可能不知道，他故意充愣装傻，把打电话的政治家所要代替的"位置"，利用语言的歧义说成是"死人躺着的地方"，让那位想钻空子者啼笑皆非，给予了有力的嘲弄。

装傻充愣是答非所问的一种，即回答别人问题时，利用语言的歧义性和模糊性，故意错解对方的说话，问东答西。这种说话方式在回答对方的问题时，往往都会出奇制胜，产生特别的幽默感。

此外，因势利导式的幽默术也是做事中能实现出奇制胜的巧妙方法。

英国大文豪萧伯纳的剧本《武器与人》首次公演即获得巨大成功。观众们要求萧伯纳上台接受群众的祝贺。

当萧伯纳走上舞台，准备向观众致意时，突然有人对他大声喊叫："萧伯纳，你的剧本糟透了，谁要看？收回去，停演吧！"观众们大都以为萧伯纳肯定会气得发抖。哪知道，萧伯纳非但不生气，还笑容满面地向那个人深深地鞠了一躬，很有礼貌地说："我的朋友，你说得很好，我完全同意你的意见。"说着，他转向台下的观众说："遗憾的是，你我两人反对这么多观众能起到什么作用呢？你我能禁止这个剧本演出吗？"萧伯纳话音刚落，全场就响起了一阵快乐的笑声，紧接着是观众对萧伯纳暴风骤雨般的掌声。那个挑衅者灰溜溜地逃出了剧场。

面对挑衅者的污蔑，萧伯纳要是一味退让，未免有失面子，若与之争辩，非但无济于事，还会在观众心中留下孤芳自赏、自命不凡的坏印象。萧伯纳此时充分展示了其应变才能，巧用因势利导的招数，凭借观众对他的信任与支持，给予他的掌声和喝彩，把挑衅者推向群众的对立面，使其孤立无援，狼狈而逃。

在一些争论场合里，应该时刻注意周围群众的情绪，尽量调动群众来支持自己的观点，巧妙地使出"因势利导，诱敌深入"的招数，寻找出一个突破口，借助群众的力量，给对手精神重压，使之无回击之力。

顺势而语，幽默口舌巧做事

以最佳的方法追求最佳的目的，叫作"智慧"。 幽默智慧则是以最幽默的方法追求并实现最佳的做事目的。

生存在这个步伐太过紧凑的年代，盲目地蛮干已经不再适用当下的生活以及工作形式。 这是一个说话、做事都讲求头脑的世界，因此，想要达到最佳的目的，就多发挥一下自己的思考力，寻求出一个最有利的方法。 幽默口才，则是在智慧的基础上生成的轻松、诙谐的做事方法、说话技巧。 善用幽默的人，不费吹灰之力就能够让被偷窃的东西失而复得。

这是在哈佛课堂上常会听到的一个幽默智慧故事。罗斯是闻名世界的大化学家、百万富翁。他买了很多精美绝伦的世界名画和珍贵文物，并将这些价值昂贵的东西放置在宽敞的客厅里，供客人欣赏。一个小偷得知此事后，便想去偷几件。

一个深夜，他悄悄进入罗斯家中，发现室内无人，就大胆地摘下了一幅价值20多万美元的名画，并抱起桌上的一件文物，正欲溜出门去。这时，一瓶酒吸引了小偷的注意。酒液清碧，散发出阵阵扑鼻的酒香。这小偷爱酒如命，马上拧开酒瓶盖，仰起脖子大口大口地喝了起来。忽然门外传来了脚步声，小偷马上放下酒瓶，夺路而逃。

警察在屋里没有发现罪犯的任何痕迹。这时罗斯的仆人说，放在客厅里的酒少了半瓶，一定是那窃贼贪杯，喝了几口。警长乔尼听后心生一计，吩咐罗斯马上写一份声明，在当天的晚报上登出。第二天，窃贼竟然来叩罗斯家的门了。躲在屋内的警察马上冲出去抓住了窃贼。

罗斯登报声明写了什么内容，竟使小偷自投罗网？声明内容如下："我是化学家罗斯。今天回家，我发现家中桌子上绿色酒瓶里的液体被人喝了几口。那不是酒，是有毒液体。谁喝了快到我家服解药，否则两天内必有生命危险。请读者阅后相互转告。万分感谢！"

顺势而语是一种机智，"解药"成了一种巨大的诱惑，罗斯幽默地把酒液说成是毒药，造成窃贼的心理恐惧，以至于回到罗斯那里寻找所谓的"解药"，使窃贼自投罗网。乔尼警长抓住了人惜命胜于惜财这一点，迅速地找到了解决问题的方法。

从用智慧做事的理论中可以得知，解决问题的最佳方法往往是在耗费最少精力与口舌的情况下达到了最终目的。

舞台上，在击毙敌人的一刹那，手枪竟没有响。再次射击时，仍无声音。台下的观众哗然。演员一时不知所措，他慌乱地抬起脚，朝敌人狠狠踢去。扮演敌人的演员却很幽默，只见他慢慢地倒在了地上，然后吃力地抬起了头，用微弱的声音说道："他的靴子，原来有毒！我，我真的不行了……"

观众们一阵大笑，最后演出取得了完满的成功。如果没有那位演员的幽默应变，说不定就会遭遇冷场的尴尬，幽默智慧让事情可以在意外中得以顺利发展。

做事是一种学问，需要用心用脑来参透的学问。做成一件事情，离不开智慧的头脑，也离不开智慧的口才。幽默作为"丰富而深刻的精神基础"，是一个人智慧积淀的结晶，是走向成功之路的安全扶梯。

幽默为武器，变意外为常态

生活中，时时处处充满了意外，这些意外或许会让你惊喜，或许会让你充满尴尬与无奈。但凡懂得幽默说话的人，都拥有着一种脱俗超群的品行与智商，对于突如其来的事情能够淡定自若、坦然处理。

一些广受人们爱戴的幽默大家，他们往往意志坚强、聪明灵活、自信敢为……除此之外，他们还有俘获人心的天然利器——幽默。

幽默是许多成功人士的成功素质之一，幽默能帮助他们从无名小卒成长为叱咤风云的大人物，给他们的人格披上了生机无限的魅力。

幽默是一种逆向与放射式的思维方法。具有幽默感的人往往具备较高的情商素质，幽默感强的人往往也更容易成功。原因很简单，幽默感强的人，往往具有灵活的思维与独特的思考方式，通常能够对人和事物具有与众不同的见地，进而能够在与他人的相处中尽情地迎合他人的喜好与需求，尽情展现自己洒脱的一面。他们因为幽默而受到更多人的喜欢与青睐，也因此能够利用幽默的说话技巧来办好难办的事情。

以"铁血宰相"称号载入史册的 19 世纪中叶普鲁士宰相奥托·冯·俾斯麦，是一位性格幽默的人。他也非常擅用幽默的盾牌，多次解决一些棘手问题。

有一次，俾斯麦在和一位朋友一起打猎时，他的朋友不小心陷入流沙中不能自拔。听到求救的声音，俾斯麦赶紧跑过来，可是他不仅不救他，反而还说："虽然我很想救你，可是那样我也会被拖入流沙中。所以，我不能救你。但我又不忍心看你这样挣扎。最好的办法是让你死得痛快些。"俾斯麦说完便举起猎枪。他的朋友因为不想遭到枪杀，便拼命挣扎。结果终于爬出流沙。其实，这正是俾斯麦的希望所在。

俾斯麦做军官时，寄宿在一个以吝啬出名而且非常厌恶普鲁士人的家中。有一天，他要求在他房间里装设一个电铃，以便在传唤部下时不用大声喊叫。可是，主人毫不客气地一口回绝了。于是俾斯麦不再说话。当天黄昏，从俾斯麦的房间里突然传出几声枪响。主人吓了一跳，以为发生了什么事，他当即跑进俾斯麦的房间，当他看到俾斯麦表情沉着地坐在书桌前工作时，比先前更为惊讶了。他指着放在书桌上，枪口还冒着烟的手枪问："到底怎么回事？"俾斯麦坦然回答："没什么，我只是在和部下联络罢了！"翌日早晨，他的房间便装上了电铃。

俾斯麦的幽默体现了临危不惧的大智大勇、面对生活中小麻烦的机警灵活，幽默，让他解救了流沙中的朋友、说服了吝啬的主人，办好了很难办到的事情。

幽默不只是听一听笑话，放声一笑而已。 幽默的伟大在于能够以最快捷、最有效的方式化解我们在生活中遇到的各种意外情况。 可以这样说，有幽默存在的地方就有坦然的洒脱。

直意曲说，圆融幽默易成事

圆融幽默是一种姿态、一种生存的韧性。圆融之人如"水"，遇山水转，遇石水转，以"天下之至柔，驰骋天下之至坚"。水灵活处世，不拘于形，因机而动，因势而变的运行姿态是圆融的最好诠释。是幽默的机智与力量能够让你的口才不断改变行事风格和处世策略，让你在整个交际生活中游刃有余。

圆融幽默能掩饰他人的错处或者保护自己的隐私。

心理学的研究表明，谁都不愿把自己的错处或隐私在公众面前"曝光"，一旦被曝光，其就会感到难堪或恼怒。因此，在交际中，如果不是为了某种特殊需要，一般应尽量避免触及对方所避讳的敏感区，避免使对方当众出丑。必要时可委婉地暗示对方你已知道他的错处或隐私，便可对他造成一定的压力。但不可过分，只需"点到为止"。既能使当事者体面地"下台阶"，又尽量不使在场的旁人觉察，这才是最巧妙的"台阶"。批评他人时，莫忘给对方备好台阶，以变通的幽默智慧创造出一份和谐的生活天地。拒绝他人时，用圆融的幽默代替直言的冲撞，将不好说的话幽默说。

约翰·辛格·萨金特，美国人像画家，特别善于画富人和名人。

在一次晚宴上，萨金特发现自己身边坐着一位热情洋溢的女倾慕者。"哦，萨金特先生，前两天我看到了您最近的一幅画，忍不住吻了画上的人，因为那人看上去太像您了。"她动情地告诉萨金特。

"那么，它回吻了您没有？"画家幽默地问。

"什么？它当然不会。"女倾慕者干脆地说。

"这么说，它一点儿也不像我。"萨金特大笑了起来。

约翰·辛格·萨金特并没有对女倾慕者的告白直接表示出自己的看法，而是委婉地通过画像的借口，表达了自己对倾慕者的态度。圆融的幽默，保留了他人的情面，体现了人格魅力的光环。

懂得幽默说话的人往往都会这样不动声色地让对方自己识趣，有时遇到意外情况使对方陷入尴尬境地，这时，外圆内方的人在给对方提供"台阶"的同时，往往会采取某些妥善措施，及时用幽默的语言给对方的面子上再增添一些光彩，使对方更加感激不尽。

另外，如果直来直去不容易达成做事情的目的时，就要学会幽默拐弯。直线像一把利刀，虽然锋利但难免伤人；曲线像一个圆，虽然线长但往往能如我们所愿。幽默说话的道理亦如此。

在美国的一所大学里，一位善用圆融幽默的俄文教授在给同学们上第一堂俄文课的时候，居然带着他的一只小狗来到了课堂上。在上课之前，这位教授用俄语作为口令，让自己的小狗做了一系列精彩的表演，其中一个口令代表着一个动作，小狗很精彩地完成了表演，赢得同学们的热烈欢迎。

待掌声逐渐安静下来，教授指着自己的小狗对大家幽默地说道："各位同学们都已经看到了，这只小狗能够按俄语的指令一个不差地完成表演。"稍作停顿后，他又说："由此可见，俄文是很容易学会的，连一只小狗都能够听得明白，相信大家更是没有问题的。

这位俄文教授并没有像其他老师一样，上课就对自己的学生说学习有多重要，用死板的教条来督促学生。他圆融地借助了小狗的表演来激发学生们对俄语的兴趣，同时幽默指出了学习俄语并不是什么难事。

反向求因，乐观为人懂变通

反向求因的幽默就是要求在推理过程中善于钻空子，特别是向反面去钻空子，把极其微小的可能性当作立论的出发点。然而，在生活中有某种常态，在思维中有某种常理，人们的联想都为这种习惯了的常态和常理反复训练达到自动化的程度，以致一个结果出来，便会自动地联想到通常的原因。

反向求因的幽默特点，就是把一个极其微小的可能性当成现实，虽不能最后取消对方提出的另一种更大的可能性，但这种类型的方法更具有喜剧性，是另一种完全否定了原来因果关系的幽默方法。

有一次，萧伯纳收到英国著名女舞蹈家邓肯一封热情洋溢的信。

信中说，如果他俩结合，养个孩子，那对后代将是好事，"孩子有你那样的脑袋和我这样的身体，那将会多美妙啊！"

在回信中，萧伯纳表示受宠若惊，但他不能接受这样的好意。他幽默地说：

"那个孩子的运气可能没那么好，如果他有我这样的身体和你那样的脑袋，那可就糟透了。"

萧伯纳在这里用的方法就是反向求因的幽默法，他向反面钻空子，把哪怕是极其微小的巧合的可能性当成立论的出发点，构成对方期待的落空。在这里，萧伯纳的幽默的特点是把自我调侃（长得不好看）和讽喻他人（脑袋不聪明）巧妙地结合在一起了。

反向求因的幽默也是爱因斯坦惯用的幽默技巧。

　　爱因斯坦初到纽约，在大街上遇见一位朋友，这位朋友见他穿着一件旧大衣，劝他更换一件新的。爱因斯坦回答说："没关系，在纽约谁也不认识我。"

　　几年以后，爱因斯坦名声大振。这位朋友又遇见他，他仍然穿着那件大衣。这位朋友劝他去买一件新大衣。爱因斯坦说："何必呢，现在这里的每一个人都认识我了。"

爱因斯坦的过人之处不仅在于淡泊，而且在于肯定相同衣着时，却运用了形式上看来是互不相容的理由，以不变应万变。不管情况怎么变幻，行为却一点也不变。

反向求因的幽默在人际交往中很有实用价值，它能让你在情况极端变幻的情况下，找到有利于自己的理由，哪怕是互相对立的理由，也都能为己所用。

当然，这种幽默的功能不但能松弛人与人之间的紧张关系，有时也可以用相反的目的，使人与人之间的关系保持紧张。反向求因的幽默是为人做事的变通之道，是乐观为人的快乐之道。

让脑子转个弯儿来补救失言

懂幽默的人会即时驾驭自己的思维，让自己的脑子因地因时地转弯。"人有失足，马有乱蹄"，在现实生活中，即使辩才如张仪，也难免会陷入词不达意的尴尬境地，更不用说偶尔头脑发昏，举止失当，做出莫名其妙的蠢事。虽然个中原因不同，但后果却相似：贻笑大方或引起纠纷，有时甚至一发而不可收拾。这个时候，你就得让脑子转个弯儿，巧用幽默思维以化解纠纷。

美国前国务卿基辛格是一位成功的外交家，一次，他在接受意大利女记者法拉奇的采访时，说起自己成功的外交施政时，竟夸口说道："美国人崇尚只身闯荡的西部牛仔，而单枪匹马向来是我的作风，或者说是我技能的一部分。"此番话一经报纸发表，马上引起轩然大波，连一贯赞赏基辛格的人们也不满他好大喜功的轻率言论。然而，基辛格毕竟是基辛格，他不但沉住了气，还幽默地主动接受采访并乘机声明："当初接见法拉奇是我平生最愚蠢的一件事，她曲解了我的话，拿我来做文章罢了。"

基辛格与法拉奇之间的谈话，究竟谁真谁假，外人一下子丈二和尚摸不着头脑。这便是一种转移别人注意力的幽默方法。 它可以减轻失误的严重性，但在一般情况下，应用此法应该谨慎，因为它实际上是诿过于人，不到万不得已最好少用，以免损失自己的声誉，失去他人的信任。

从前，有一个云游天下的僧人，很有智慧。一次，他来到一个地方，听说前方有一户人家，从来不许别人借宿，他决定去借宿一夜。

天黑下来以后，这个游僧就走进了这户人家。这时，他突然变成了一个"聋子"。在互相致意之后，主人急忙给他烧了茶，招待他吃了饭，然后打着手势对他说："吃了饭早点动身吧，我们家里是不能过夜的。"

游僧佯装不懂，只是瞪大眼睛看。主人用手指指门，再次请他出去。

"好，好。"游僧好像懂了。一边说着，一边大步走到门外，把包裹拖了进来，放在西北角的柜子前。

主人又作了一个背上包裹快走的手势。游僧立即跳了起来，举起包裹放在柜子上面，嘴里还说："这倒也是，里面可全是经书啊！"

主人又反复比画，要他走，他却点点头，说："没有小孩好，不会乱拿东西。我把两根木棍插在包裹的粗绳上了。"人家说东，他就说西，弄得主人哭笑不得，最后没法，只得留他过了一夜。

很多情况下，如果据理力争不成功，反向思维，用装聋作哑去化解异议、转移话题的缄默，让他人无法推辞，从而达到自己的目的。

　　有句俗语说，一半是真，一半是假。 "借口"永远是有的，就看你如何去发现，怎样去利用。 时常让自己的思维转个弯，借助幽默的精髓补救失言的无奈。 这应验了中国的一句古谚语："塞翁失马，焉知非福。"将自己说过的"错话"添文减字，让意思改变，是幽默改口的另一个招数；或者将自己的意愿通过另一种语言方式委婉地表达出来，就会更加容易被人接受。

　　但是，需要注意的是，用幽默补救言语失误或举止失当，应视场合的不同而采取不同的手段。 灵活运用，方能百战百胜。 如果拘泥形式，只会雪上加霜。 以上所介绍的只是在变通情况下应采取的幽默应对之法，希望对读者有所帮助。

　　因此，当你发现自己不小心说错话的时候，不妨让自己的脑子转个弯，变换一种说话习惯，将失言解释得津津有味，这时你就成了说话高手了。

摆脱两难问题的幽默术

"两难"问题就是不论你回答"是"或"否"都可能给你带来麻烦。回答这类问题最须用心,最需要幽默而机智的口才技巧。

为了更加形象地说明回答"两难"问题的方式以及作用,接下来主要用案例来说明,让大家能够在案例中具体体会到如何做才能让"两难"问题在幽默对策中迎刃而解。

1. 回避难题可找出他人的漏洞

在清朝末期的一次科举考试中,有一位考生的试卷做得甚是糟糕,当考官阅卷到最后的时候,居然发现这样一句话:"我乃李鸿章大人之亲妻。"这位考生在故意拉关系的时候,却误将"亲戚"写成了"亲妻",实在可笑。

阅卷老师正好从考生的马脚出发,批语道:"断不敢娶!"

上文中的"断不敢娶"有两种意思,表面上在指代既然是李鸿章大人的亲妻,当然不敢娶了,实质上是在说明对于这样的考生是不会同意录取的,阅卷老师将错就错,轻松解决了一个两难问题。如果这位考生真的是李鸿章大人的亲戚,也不能怪罪到阅卷考官的头上,是考生错字在先;如果这位考生是在无理取闹,那不予录取正是理所当然的。

当我们面对两难问题，既不能肯定也不能否定的情况下，那就拿他人的漏洞开刀，表明自己的无能为力，这是一种幽默的机智与变通，是一种保全自己的良方。

2. 正式场合遭遇两难，朦胧幽默为自己解围

　　顾维钧担任美国公使的时候，有一天，参加各国使节团的国际舞会。和他共舞的美国小姐忽然问："请问，您喜欢中国小姐，还是美国小姐?"

　　这个问题很难回答，如果说喜欢中国小姐，就得罪了共舞的美国小姐；如果说喜欢美国小姐，那又是违心之论，并且有贬低中国小姐的嫌疑。顾维钧幽默地笑着说："不管是中国小姐还是美国小姐，只要是喜欢我的人，我都喜欢。"

针对美国小姐提出的两难问题，无论选择哪一个答案都会让顾维钧遭受到他人的质疑。如果顾维钧选择说自己喜欢中国小姐，那么就会让美国小姐气愤；如果他说自己喜欢美国小姐，又会造成对中国小姐的不尊重。令人欣慰的是，顾维钧没有直接地做出选择，而是运用朦胧语言"只要是喜欢我的人，我都喜欢"，不仅给那位美国小姐留了情面，也为自己保全了气度。

幽默做事情，保全他人面子

俗话说："人争一口气，树争一层皮。"此话道出了人性的一大特点：爱面子。可是我们不能只爱自己的面子，而不给他人面子。每个人都有一道最后的心理防线，一旦我们不给他人退路，不让他人下台阶，他只好使出最后的一招——自卫。因此，当我们遇事待人时，应谨记一条原则：别让人下不了台阶。之所以提倡幽默做事，原因正在于此。幽默做事可以在保全他人面子的同时，实现自己的办事目的。

一句或两句体谅的话，对他人态度宽容，这些都可以减少对别人的伤害，保住别人的面子。假如我们是对的，别人是错的，我们也会因为让别人丢脸而毁了他。传奇性的法国飞行先锋和作家安托安娜·德·圣苏荷依写过："我没有权利去做或说任何事以贬低一个人的自尊。重要的并不是我觉得他怎么样，而是他觉得他自己如何，伤害他人的自尊是一种罪行。"幽默做事贯穿的原则就是豁达、大度，为别人留下一丝情面，也是在为自己增添一分尊容。

海涅经常收到许多朋友寄来的诗稿。有一次，他收到一份欠邮资的稿件。拆开一看，里面一首诗也没有，只有一捆稿纸，并附有一张小字条，上面写着："亲爱的海涅，我健康而快活，衷心地致以问候，你的梅厄。"

海涅手里拿着邮件，猜不透这位朋友的用意。几天以后，梅厄也收到了一个欠邮资的沉重的邮包。他打开一看，竟是一块大石头，还有一张便笺，上面幽默地写道："亲爱的梅厄，看了你的信，我心里的这块石头才落了地，我把它寄给你，以纪念我对你的爱。"

海涅以彼之道还施彼身，用对方的方式来启发对方，让对方认识到自己的行为不妥，不必用言语让对方难堪，反而因此保全了双方的面子。这正是幽默做事的内涵所在。

当一个人已经做出一定的许诺——宣布一种坚定的立场或观点后，由于自尊的缘故，他很难改变自己的立场或观点，此时你若想说服他，就必须顾全他的面子，为对方铺台面，说一些有利对方的话，也是在为自己铺路。

这是每个幽默说服者都懂得的——让他人保全自己的面子。

即使对方犯错，而我们是对的，如果没有为别人保留面子，就会在毁了他人的颜面的同时断送自己一个朋友。因此，你要说服他人就应该遵循这一原则：帮助别人认识并改正错误，幽默说话，保全他们的面子。

丢掉面子时，学会幽默挽回

　　无论在什么时候，给别人保留一份面子，也是为自己留一点余地。 对中国人来说，面子实际上等于脸面。 做事不讲讲脸面就没有进行下去的必要。 于是面子问题一直是在业务洽谈、与人交往中的重要课题。

　　当你不小心触及他人的颜面问题，或者自己的面子遭受到外来嘲笑的时候，应该怎样正确应对呢？ 答案是，不要硬对硬，要懂得巧妙地运用幽默语言，挽回颜面。

　　著名的剧作家萧伯纳个子长得很高，可瘦削得似一片芦苇叶，而切斯特顿既高大又壮实。他们两人站在一起对比特别鲜明。有一次，萧伯纳想拿切斯特顿的肥胖开玩笑，便对他说："要是我有你那么胖，我就会去上吊。"切斯特顿笑了笑说："要是我想去上吊，准用你做上吊的绳子"

　　切斯特顿这一巧妙的揶揄，既让萧伯纳感到了自己的失言，又让自己的智慧在人前闪光。 按照字典的解释，揶揄是一种嘲笑。 而艺术地揶揄应当说是一种运用语言的技巧。

　　丹麦童话作家安徒生有一次在大街上行走的时候，突然遭遇了他人的嘲笑，但是安徒生的幽默应答却让奚落他的人自惭形秽。

由于安徒生平时生活很简朴，常常戴着破旧的帽子上街。

突然有个行路人嘲笑他："你脑袋上边的那个玩意儿是什么？能算是帽子吗？"

安徒生幽默回敬道："你帽子下边的那个玩意儿是什么？能算是脑袋吗？"

安徒生巧妙地以其人之道还治其人之身，将同样的讽刺还击给了那个行路人，虽然讽刺性很强，却表达间接诙谐，顾虑到了行路人的面子。

幽默灵感的爆发，幽默的妙答常常使你在濒临危境的时候柳暗花明，享受绝处逢生的喜悦。生活中如果自己突然遇到了尴尬有失体面的小事，不妨幽默自己一下。

宋朝大文学家石曼卿，人称"石学士"。一日酒后骑马去报国寺游玩，突然马受惊乱跑，将石曼卿从马上摔了下来。只见石曼卿站起来，拍拍身上的尘土，拿起马鞭，然后风趣地对围观者说："幸亏我是'石'学士，要是'瓦'学士，一定要摔破了。"

石学士把自己的姓，作了另外一种解释，妙语解疑，为后人称道。

语言的运用是一门综合艺术，照本宣科式的教条运用不会有好的交际效果。幽默机智的背后是深厚的文化素养、高雅的气质和风度。

第八章

幽默有尺度，恰到好处最得体

避免幽默的误区

避免幽默的误区，是正确使用幽默的前提条件。 演讲者应该避免使听众感到不快的幽默，还要尽量避免不相关的幽默，还要避免过多介绍幽默。

1. 避免使用自己不擅长的幽默

所有人都很诙谐，但并不是每个人都应该或会开玩笑。 开玩笑需要具备一定的能力，讲一个很长的、复杂的笑话需要语调抑扬顿挫的变化、时间的掌握恰到好处，还要适时地插入对话和身体活动。

开一些司空见惯的玩笑会损害一个出色的公开演讲者出于幽默的形象，下面几种最好不要使用，

（1）忘记了笑话的可笑之处；

（2）使高潮迭起的笑话不了了之；

（3）导入或烘托不够充分；

（4）歇斯底里地为自己的笑话大笑不已；

（5）讲笑话时心不在焉，仅仅描述笑话如何好笑，本人却没有融入故事之中；

（6）笑料打开之前泄露天机；

（7）忽略了关键细节；

（8）唠叨、重复性的语言。

2. 避免使听众感到不快的幽默

虽然幽默非常重要，但是令听众发笑始终只是你向听众表达良好意图的辅助手段。我们可以肯定地说，不道德、下流的和粗俗的玩笑在任何场合都会使某些人感到不快。在进行听众分析时，要学会敏感一些，修改或干脆去掉自己的演讲中那些针对妇女、同性恋或老年人的常见笑话。了解听众可以帮助你判断是否可以加入稍微有些冒险的话语。还要避免侮辱或嘲讽他人，除非你是真的要作某种批判，而且你确信这种方式能让听众意兴盎然。

3. 避免过多介绍幽默

演讲者应该巧妙地用口头或身体信号向听众暗示演讲将转入幽默口吻。如果做不到这点，就不会出现预期中听众会心的微笑或哄堂大笑，因此还不如干脆不说这个笑话。但是，相当多的演讲者都犯中间过渡过于烦琐沉闷的毛病。

讲到一个幽默的地方，不要用如下乏味空洞的方式开头：现在我给你们讲一个真正好笑的故事，这是我表兄告诉我的。它会告诉你们我在想些什么，你们会喜欢这个故事。

4. 避免不相干的幽默

演讲与喜剧演员的独白，两者目的有所不同。演讲中每项支持材料都应该直接有助于主题的表达，幽默的材料也不例外。一连串无关紧要的笑话和故事，或者漫无目的的滑稽表演会使演讲偏离主题。勉强地采用过渡，插入一些不相干的笑话是在浪费时间。

那么，怎样让幽默与场合相通呢？有些故事适合在各种场合讲述，只要将里面人物的职业或环境加以改变，换成听众较为熟悉的例子就可以了。

5. 避免听众熟悉的幽默

保持故事新鲜感的最好办法是自己编故事。 但是这个任务是不切实际的，实际上，我们都可以参考和修改别人的故事。如果你决定借用别人的故事、笑话或睿智的话语，不要想当然地认为：你觉得这些很新鲜，所以大家都会觉得很新鲜。 在准备和练习演讲时，请朋友或批评者指出你的故事是否引人发笑。 观察听众的反应，检验自己的故事在他们看来是否新颖。如果大部分的听众在故事讲到一半就开始点头，或者情况正好相反——你的故事讲完后，听众爆发出恍然大悟的哄堂大笑，那你的演讲素材算是通过了。

较长的故事比一两句话的笑话要难讲得多。 一个两分钟的笑话你刚开头说出第一个句子，听众就知道你接下来要讲些什么，那么讲完这个笑话就很难再重新引起听众的兴趣。 但是，如果听众对一个一两句话的故事非常熟悉，你的损失就会小一些。 插一句类似于"内心深处他是个非常空虚的人"的句子只要几秒钟，也许它们会引人发笑，也许它们会使一半没有听过这些笑话的听众脸上露出微笑。 但是，如果是老生常谈，即使只有一两句话，也应该去掉。 "有那样的朋友，谁还需要敌人呢？"或者"君子协定的价值抵不上协定的纸张"刚开始非常有趣，但是现在听起来已经过于陈旧了。

别开没有分寸的玩笑

开玩笑，是人与人之间交往最常见的一种说话取乐方式。它可以活跃气氛，调节情绪，创造一个和谐、轻松的氛围，使你的语言更具魅力。但是，开玩笑必须内容高雅，如果笑料过于庸俗，或开过了头，伤害了人家的自尊和感情，则会适得其反。所以，开玩笑一定要注意场合，把握尺度。

有一次，美国总统里根到国会去参加一项会议。开会前，为了试一试麦克风是否已接通，他便信口开了一个玩笑，说："先生们请注意，五分钟后，我将对苏联进行轰炸。"

一语出口，全场哗然。后来，苏联针对此事提出了强烈抗议。搞得里根很难堪、很狼狈。

由此可见，开玩笑过度，将会造成无法挽回的后果。

当然，开玩笑还要看对象，因为每个人的性格、身份、心情不尽相同，对玩笑的承受能力也不同，所以，一个玩笑，你可以对此人开，却不可对彼人开，这也是开玩笑的一门学问。

一般来说，男性不宜同女性开玩笑，下属不宜同上司开玩笑，晚辈不宜同长辈开玩笑，正常人不宜同残疾人开玩笑。即便可以开一些玩笑，也只限于逗笑之类，而且要包含尊敬、褒扬，不能放肆、轻佻。切忌揭人之短，尤其是残疾人之短处，他们对自己明摆着的短处已经深感自卑，如果你再同他开玩笑，他会认为这是一种有意的羞辱，因而造成恶言相对的局面。

　　总之，开玩笑应是善意逗乐，促进彼此的感情交流，而不是恶意的取笑，占对方的便宜。所以，在开玩笑时一定要把握好分寸，这样才能真正成为沟通高手。

幽默要适度和得体

任何事情都要有度，幽默也不例外，玩笑开得过分就不是玩笑了。

在生活中，适度、得体地幽默一下，可以使周围的人松弛自在，并能营造出适于交际的轻松活跃的气氛，这也是具有幽默感的人更受欢迎的原因。如果玩笑无度，不但收不到好的效果，更会造成严重的后果。

我们都知道"一笑倾人城，再笑倾人国"的由来。

这话讲的是中国古代的大美人褒姒。周幽王是褒姒的情侣。为什么叫幽王呢？大概是他想自封为"幽默之王"吧。这个周幽王为了向褒姒展示自己的幽默天赋竟然烽火戏诸侯，以致亡了国。

幽默是要挑选对象的，就像音乐是给会欣赏音乐的人听的，绘画是给会品味绘画的人看的一样，找错了对象的幽默难免会造成双方的难堪。

有一次，一位男士的女同事穿着一身漂亮的新衣服来上班，他幽默地说道："今天准备出嫁？"这其实是一种夸赞，只不过话说得委婉一点、调侃一点。

然而，他的这位女同事却是个神经质的泼妇。她闻听此言，怒不可遏，拍案而起："你骂人！难道我离婚了？难道我丈夫不在了？"接着又来了一大串的谩骂。

这位男士万万没有想到，他的颇为得意的幽默竟被人家当成是不堪入耳的污言秽语，得到的竟是如此难堪的结果。他百口难辩，只好道歉了事。每当提及此事，他都苦笑不已，因为那位女同事因此到处说他是个"二百五"。

幽默口才应当是阳春白雪，不宜肆意挥霍。下面叙述在运用幽默口才时应该注意的几个问题。

1. 不同辈分的人开玩笑要适当

和长辈、晚辈开玩笑忌轻佻放肆，特别忌谈男女情事。几辈同堂的玩笑要高雅、机智、幽默，能助兴，乐在其中。当同辈人开男女这方面的玩笑时，自己以长辈或晚辈身份在场时，最好不要掺和，若无其事地旁听就是。

2. 和残疾人开玩笑要注意避讳

人人都怕别人用自己的短处开玩笑，残疾人尤其如此。俗话说，不要当着和尚骂秃子，瞎子面前不谈灯光。要知道人是没有完美无缺的，他人的缺陷和不足绝不是你拿来开玩笑的材料。这种笑话会严重地伤害到对方，导致不堪设想的后果。

3. 和非血缘关系的异性单独相处时忌开玩笑

哪怕是开正经的玩笑，也往往会引起对方的反感，或者会引起旁人的猜测非议。要注意保持适当的距离，当然，在一定场合也不能拘谨别扭。

异性之间的幽默更要做到张弛有度，那些所谓的"荤段子"不但不能拉近异性之间的距离，反而会降低自己的格调，使对方认为你低俗难耐。

4. 朋友陪客时忌和朋友开玩笑

人家已有共同的话题，已经形成和谐融洽的气氛，如果你突然介入与之开玩笑，转移人家的注意力，打断人家的话题，破坏谈话的雅兴，朋友会认为你扫他的面子。

5. 莫板着脸开玩笑

到了幽默的最高境界，往往是幽默大师自己不笑，却能把你逗得前仰后合。然而，在生活中，我们都不是幽默大师，很难做到这一点，那你就不要板着面孔和人家开玩笑，免得引起不必要的误会。

6. 不要总和同事开玩笑

与同事开玩笑要掌握尺度，不要大大咧咧地总是开玩笑。这样时间久了，在同事面前就显得不够庄重，同事们也不会尊重你；在领导面前，你会显得不够成熟、不够踏实，领导也不会信任你，因而不会对你委以重任。这样做实在是得不偿失。

7. 不要以为捉弄他人也是开玩笑

捉弄别人是对别人的不尊重，会让人认为你是恶意的，而且事后也很难解释，它绝不在开玩笑的范畴之内。轻者会伤及你和同事之间的感情，重者会危及你的"饭碗"。记住"群居守口"这句话吧，不要祸从口出，否则你后悔晚矣！

8. 内容要高雅

笑料的内容取决于开玩笑者的思想情趣与文化修养。内容健康、格调高雅的笑料，不仅给对方启迪和精神上的享受，也是对自己美好形象的有力塑造。

9. 态度要友善

与人为善是开玩笑的一个原则。开玩笑的过程，是感情的互相交流传递的过程，如果借着开玩笑对别人冷嘲热讽，发泄内心厌恶、不满的感情，那么除非是傻瓜才识不破。也许有些人不如你口齿伶俐，表面上你占了上风，但别人会认为你不能尊重他人，从而不愿与你交往。

10. 行为要适度

开玩笑除了可借助语言之外，有时也可以通过行为动作来逗别人发笑，但必须要适度，否则会酿成恶果。

有一对小夫妻，感情很好，整天都有开不完的玩笑。一天，丈夫摆弄鸟枪，对准妻子说："不许动，一动我就打死你。"说着真的扣动了扳机，结果，妻子被意外地打成重伤。可见，开玩笑千万不能过度。

11. 要区别对象

对方在性格上能宽容忍耐，玩笑稍微开大了可能也会得到谅解。对方性格内向，喜欢琢磨言外之意，开玩笑就应慎重。对方尽管平时生性开朗，但如恰好碰上不愉快或伤心事，就不能随便与之开玩笑，相反，对方性格内向，但正好喜事临门，此时与他开个玩笑，效果会出乎意料的好。　幽默就像春日里的细雨，就像山间轻柔的小溪，它是人类的一种智慧、一种艺术、一种境界。　把握好幽默的分寸，你就能很容易地为他人和自己营造出轻松、愉快的气氛，使人生这台不断运动的机器，更好地运转。

职场幽默要适度

职场幽默要得体。在忙碌的工作之余，我们常常会和同事们互相开几句玩笑，幽默一下，以缓解压力。不过，在与同事之间幽默的时候，一定要谨慎，切不可开上司的玩笑，否则很可能就会有意想不到的麻烦。

幽默可以制造笑声，幽默可以拉近友谊，但幽默不是用来调侃同事的工具，尤其是不能用来调侃某些同事生理上的一些不完美的地方。当你使用这种"幽默"调侃同事时，其实也就自己把自己给调侃了。

小苏是一个身高比较矮的女孩子。一天，有个单位的同事想和她开个玩笑，于是拿了一根竹竿到办公室。对小苏说："站起来一下。"小苏问："为什么？""没事。我就想看看你和竹竿哪个更高一点。"同事笑道。小苏听了理都没理他，扭身继续工作去了。

这位同事拿小苏的身高来调侃，不仅会使两人之间的友情受到损害，同时也会给同事们留下不好的印象。与同事关系的融洽与否，对我们在职场上的工作与发展是至关重要的。因此，我们在幽默时要千万注意，否则将成为办公室里那个最不受欢迎的人。

那么，在办公室里就开不得玩笑了吗？当然不是。只要我们幽默时注意幽默的对象与方法，照样也能让办公室笑声不断。 尤其是当我们在工作中与同事有磕磕绊绊的时候，若能用一个恰当的小幽默来巧妙地化解，不仅让同事之间的关系更加融洽，还能给同事留下良好的形象。

　　一次，小王带儿子来单位玩。这孩子特淘气，一眨眼的工夫，就把一个杯子给摔破了。小王大怒，抬手照着孩子的头就是一巴掌。这时，就见李姐"噌"地跳了起来，指着小王大叫："你干吗打孩子，你的手怎么这么欠？"这一嗓子，同事们全蒙了，小王这个愣头儿青更是气得眼睛喷火。而李姐又指着孩子，不依不饶地说："你这孩子原本可以当大学教授，就这一巴掌，把个好端端的大学教授打没了。"周围同事哄堂大笑，小王也乐了："大学教授？他有这个脑袋，太阳就得打西边出来了！李姐你可真会说话。"

李姐不仅制止了小王打孩子，而且用幽默及时而巧妙地化解了同事之间由于打小孩引起的不快。 这样幽默的李姐怎么会不受到同事们的欢迎呢！

小小的幽默，是你工作之余的调味品。 但切记，办公室里的幽默是有基本原则的，如果你能记住并熟练地运用这些原则，那么在复杂的办公室环境里，哪里有你，哪里就能笑声不断。

幽默要恰到好处，玩笑要合乎分寸

幽默的效果并不总是好的，你必须认清对象、把握机会，并使分寸恰好保持在"不轻不重、不多不少"的程度。如果你在不当的场合开了不合分寸的玩笑，不仅会引发事端，还可能会酿成大祸。

我们要想幽默取得好的效果，一定要把握好幽默的场合、时机和分寸。语言的威力非常微妙，同样的话在不同的场合、时机说出来，会收到截然不同的两种效果。幽默的语言尤其如此。

得克萨斯州是美国南方最大的一个州，是美国重要的粮食产地。卡特总统在职时，得克萨斯州遭遇了百年不遇的大旱，他亲自前往视察。凑巧的是，就在卡特总统的飞机降落前，大旱的得克萨斯州竟然下起了雨。卡特踏上机场跑道以后，微笑着对聚集在跑道上欢迎他的农民们说："我知道。我这一来你们或许向我要钱，或许向我要雨。我拿不出钱来，就只好把这场大雨给你们带来了！"

卡特总统在飞往得克萨斯州时，或许正绞尽脑汁地准备自己的演讲稿。但当他发现及时雨到来时，连忙抓住时机适当地开了个小玩笑，不仅活跃了现场的气氛，更拉近了和民众的距离。这样的时机可谓是"机不可失，失不再来"，一旦错过时机，或者换在其他场合，这个温馨俏皮的小幽默，恐怕就变成真正的冷幽默了。

如果你是个幽默新手，在开口幽默前要注意看清周围的情势。当别人正在专心致志地学习和工作时，你的幽默可能会影响别人；在一些悲伤凝重的场合如葬礼上，你不能随便开玩笑，对方需要的是安慰和帮助，这时和人家开玩笑，会让对方认为你是幸灾乐祸；在庄重的集会或公众场合，你也尽量不要打趣逗笑，如果肚子里有戏谑的玩笑话，你一定要考虑清楚，没有把握还是不说为妙。如果不吐不快，那就找个轻松、愉悦的氛围开口。

打个比方，你刚刚学会一个很有趣的笑话，什么时候讲出来效果最好呢？最安全有效的做法，就是在餐桌上或者周末聚会时，对熟人、同学、朋友或者老同事讲。这时大家神经放松，会很乐意对有趣的笑话做出回应，不仅可以调节气氛，还能为你建立随和、亲切的好形象。

如果你身边是些不熟悉的人，就别轻易乱开玩笑。在这一方面，我们也可以学学某些日本人。这些日本人生怕自己的幽默引起误会，在开玩笑前会打个招呼说：嗨，以下是个笑话。然后才讲出笑话的内容。在日本人看来，这样穿靴戴帽是很必要的，提前打个招呼使得对方有心理准备，才不会把玩笑和严肃的话题混淆，也能避免伤害到对方。我们虽不必像日本人那样中规中矩，但若对场合、时机没把握，或者幽默内容不甚安全，尝试一下也是不错的。除此以外，你还要注意幽默的分寸，哪怕你有一肚子的笑话，也别滔滔不绝地说起来没完没了。这样总是以自己为中心，难免会让别人感到不快或受冷落，甚至还可能会让人误会你想表现自己。

幽默不可滥用，否则便会失之于油滑

幽默也不可滥用，否则便会失之于油滑。 事实告诉我们，一个具有高品位、胸怀坦荡的乐观自信者，就突出地具备了幽默感的性情和活力。 相反，若是趣味低级、邪邪乎乎、流里流气，那就惹人憎恶了。 如果不把握幽默的分寸，必将损害自己在别人心目中诚实、庄重、可信的形象，减轻自己在别人心目中的分量，甚至直接影响到两人之间关系。

幽默要把握一定分寸，话要适度。 超越分寸，有时变成油腔滑调，令人生厌；有时变成狂言，而受人指责。 不要挖苦和嘲笑别人，不要去模仿别人的动作和讲话来加以取笑。 不要唠唠叨叨、啰啰唆唆，幽默的语言应该是很精练的。 不要一味地滑稽、俏皮，也要拒绝无止境的幽默。 一味俏皮会使你得一个"小丑"的名声，有损你的形象。 无止的幽默，反而会失去幽默的魅力。

幽默还要把握好时机。 一旦你发现你这种幽默能令大家高兴，或者把别人带到愉快的气氛里，你就毫不犹豫地表现出来。 一旦发现周围的气氛不适合幽默，就要收住。

幽默还应注意对象，要区分不同的性别、身份、地位、阅历、文化素养和性格，不是什么人都可以接受幽默笑话。 一般来说，在熟人、同乡、同学、老同事、老部下之间，可以开开玩笑，说些幽默风趣的话，即使玩笑开得有些过火也无伤大雅。 但如果是上级、名人、长者、陌生人、女性尤其是妙龄少女、性格忧郁或孤僻的人、对工作或职业不满的人，一般不宜随便开玩笑。

　　英国大文豪萧伯纳到上海访问时，林语堂上船迎接。林说："这里许多天来大风大雪，今天才放晴。你真是好福气，一到上海就看见太阳。"萧伯纳听了，说："是太阳有福气，能在上海见到我。"

　　开玩笑的朋友搞得很尴尬。　朋友之间开开玩笑本无可厚非，但因此出点事儿可就不好了，开玩笑千万要注意不要过"火"。

幽默有伤人的可能，玩笑也要有规则

幽默的人一般都心怀善意，他们只不过是要多给人增加一份快乐而已。 幽默作为一种特殊的语言艺术，可给人们带来笑声，让人们体味到另一种生活。 在那些恰如其分的幽默面前，人们笑得开心，更活得开心。

但无论如何，幽默有伤人的可能，其界限是耐人寻味的。对于开玩笑和诙谐，必须记住它们会有伤人的危险性，而要小心翼翼，不能踏错一步，否则，一步走错，全盘皆输，真是得不偿失。

如女人开男人的玩笑，最要注意的，也许是自尊心的问题。 自尊心是不容人刺伤的，所以若是要开玩笑，应尽量开自己的玩笑。

万一说了过分的话，一定要诚心诚意地道歉，不能够就此放任不管。 相反的，当自己被开了过分的玩笑时，一定要当作是开玩笑而已。 否则，对方也不好意思。 遇到这种事时，胸怀千万要宽大。 开玩笑的"规则"有：

第一，注意格调。 玩笑应该有利于身心健康、增进团结、摒弃低级趣味。

第二，留心场合。 按照中国人的习惯，正规场合一般不宜开玩笑。 彼此不十分熟悉或生人、熟人同时在场，不宜开过深的玩笑。

第三，讲究方式。 也就是要因人而异。 对性格开朗、喜欢说笑的人，开些"国际玩笑"也无妨；而对性格内向、少言寡语的人，一般不要过分地开玩笑。

第四，掌握分寸。俗话说，凡事有度，适度则益，过度则损。幽默也不可太过分。

第五，避人忌讳。忌讳是因风俗习惯或个人生理缺陷等，对某些事或举动有所忌讳。几乎每个人都或多或少地有自己的忌讳，所以，开玩笑时一定要小心避之。

下面介绍一种幽默，它会保全你的面子与自尊，会给你许多安慰。

所谓含而不露，就是运用暗示幽默法，即对事物表达自己的看法，不是通过直说，而是通过种种可能进行曲说，并达到幽默效果的方法。曲说可理解为从各个侧面说。

暗示幽默法广为人们喜欢，其原因在于它在多个方面对人们进行了照顾、安慰。比如面子，后面躲着自尊。如果有人在某些方面伤害了你，你用露骨的方法去刺他，不论他的面子后的自尊有没有教养，它都不允许自己被刺，那么仇恨、报复就由此产生了。

如果运用暗示幽默法来解决，首先，照顾了他的面子，而柔软曲说的话语却达到了尖锐的实质。一方面他会知难而退，另一方面，他会因照顾了他的面子反而有钦佩和感激了。

暗示幽默法，能广泛地用于生活的各个方面，帮助我们解决困境，请看这则幽默：

有一对夫妇，丈夫做错了一件事，妻子不但不理解，反而更加唠叨得令人生厌。于是，丈夫火气十足地说："请别这样唠唠叨叨了好不好，不然，我要在桌子上痛打十巴掌了。"

"关我屁事，打呀，打。"想到肉痛的不是她自己，妻子反而火上加油。

"但是，"丈夫道，"经过这十巴掌的锻炼，第十一巴掌打在肉上可就有些功夫了。"

妻子戛然而止。

在这个幽默里，丈夫打了十巴掌，第十一个巴掌打在什么地方，就是一种暗示。这种暗示包含了如下意思：我心里很火很烦，需要理解和清静。现在我得不到这些，反而遭受另一种折磨，我有点忍无可忍了。为此，你最好住口，否则就别怪我不客气了。"功夫"一词，则承担了幽默的任务，这就是暗示幽默法。

当然，也有极少数人利用幽默的形式专讲刻薄话，即伤人又伤己。他们专门去打击别人的自尊心，毫不在乎地讲出对方所"耿耿于怀"的话。例如：有关别人的命运，他们所生长的社会环境，有关他们双亲在社会上的地位或者他们的职业等等。

这个世上本来就有很多不幸的人，一生下来之后，即背负了身体上不利的条件。而要值得同情的是：他们之所以会变得如此，并非自己心甘情愿的。因而，凡是有怜悯之心的人，都不应该以他们身体上的缺陷为话题。事实上，这也是与人交往时必须注意的一种礼节。

然而，还有人毫不介意地使用那种伤人的言辞。当着别人面说那种伤人的话，这是非常不好的。

假如你有心的话，将不难察觉到有些字眼是极为伤人的。我们不妨设身处地地想一想，如果自己被如此称呼，心里将有何种的感觉呢？这个问题实在有深思的必要。

赞美式幽默要把握分寸

一只乌鸦停在一棵树上，嘴里叼着一块肉。狐狸被肉的香味吸引了过来，馋得直流口水。为了得到那块肉，狐狸笑着讨好乌鸦道："乌鸦先生，您的羽毛漂亮、歌声优美，真该被封为鸟类之王啊！"

乌鸦听了高兴得大笑起来，这一笑肉就从嘴里掉了下来，狐狸在下面刚好接个正着。狐狸高兴地说："乌鸦先生，你笑口常开，我的好运就来啦！"

以往读这则寓言，我们常会专注于乌鸦的自大愚笨、狐狸的狡诈好猾，其实只要换个角度，你会发现这是个很有教育意义的小故事。它告诉我们，人总是喜欢被赞美的，赞美就像是一枚糖衣炮弹，我们任何人都难以招架。

不信你去百货商场服饰专柜看看，那里的专柜小姐都很能赞美人，不管客人试穿什么样的衣服，她们都能编出一套绝佳的赞美词来赞美一番。于是，顾客在这一番赞美中心花怒放，然后笑着说："真的好看吗？好好好，包起来！"

看看，用赞美的话把别人哄开心，就可以让你轻松达到目的呢！

赞美是有原则的，高帽绝对不能乱戴，帽子戴得太高太大，不仅不能博得好感，恐怕还会让你的形象大打折扣，让对方认为你是个谄媚的小人。所以，赞美话要把握最恰当的分寸，下面两个例子就是很好的说明。

拿破仑一生建功立业，却非常反感奉承的话，如果有人敢在他面前阿谀奉承，不仅讨不到一点儿好处，还会让他反感不已。不过，事情总有例外，他手下的一名士兵就聪明地抓住了拿破仑的弱点，让拿破仑高兴地接受了他的赞美。这名士兵是这样说的："将军，居功至伟却最不喜欢奉承话，您真是值得我们学习的人啊！"

　　就是这一句赞美，让拿破仑笑逐颜开。

　　这名士兵之所以能够达到赞美的目的，就在于他选准了切入点，并给这顶高帽设计了最佳尺寸。　他了解拿破仑的脾气秉性，知道他讨厌奉承，便就这一点入手，对他不喜赞美这一点加以赞美。　这是很别出心裁的赞美，拿破仑内心里恐怕也为自己的这一点品质而沾沾自喜。　这名士兵恰到好处地找准切入点，轻描淡写地说出赞美的话，自然可以"话半功倍"。　由此可见，称赞必须找准切入点，否则不仅不能让对方开心，还会让人家觉得你虚伪、爱奉承。

　　《调谑编》记载了这样一个有趣的故事：

　　北宋诗人郭祥正有一次路过杭州，把自己写的一首诗送给苏轼鉴赏。或许是对诗作太过得意，郭祥正不等苏轼看诗，就有声有色地吟咏起来，直读得感情四溢、声闻左右。

　　读完诗后，郭祥正问苏轼："请问，这诗能评几分？"

　　苏轼不假思索地说："十分。"

"苏老师，你不要客气，我这诗真的能得十分？"郭祥正有点不敢相信。

苏轼点点头说："你刚才吟诗，七分来自读，三分来自诗，不是十分又是几分？"

从苏轼的评语来看，郭祥正的诗恐怕并不算好。但是，郭祥正能如此热衷于写诗，并声情并茂地加以朗读，让苏轼也不想泼他的冷水，反而想小小地赞美他一下，以示鼓励。这种赞美当然不能太夸大其词，让郭祥正自己识不清状况，所以苏轼给他打了个十分，但又告诉他这十分有七分是读、三分是诗，使得这赞美带有一种再接再厉的鼓励意味。

生活中，如果你不得不说一些赞美话，不必咬紧牙关说谎，非要把对方吹得天花乱坠。倒不如像苏轼这样，小小地赞美一下，更多地予以鼓励，这比乱扣"高帽"式的赞美更受欢迎。

人人都喜欢正面的赞美，而不喜欢负面的批评。如果我们能真诚地赞美对方，并适当添加一些幽默的元素，不仅能让对方欣然接受你的赞美，更能迅速拉近双方的距离。譬如你要称赞一位男士长得帅，可以这样说："本来想夸我自己风流倜傥、玉树临风的，一看你我什么都不想说了！"

听了这话，对方一定会哈哈大笑。笑具有不可思议的魔力，你只要能让他发笑，那么带来的良性回报会使我们更为自信，也会使我们更有魅力，从而形成人际关系的良性循环。

当然，夸奖别人也不能毫无顾忌，我们应该出于真诚去夸奖别人，不要让别人感到你言不由衷。就像前文中狐狸夸奖乌鸦为百鸟之王，这实际上是信口胡诌、另有所图。并不是人人都像乌鸦那般愚蠢，一旦被人识出了你的真实用意，后果可想而知。 另外，我们夸奖的内容必须是对方所在意的，就像那位士兵称赞拿破仑不喜奉承一样，必须把话说到人的心坎儿里。譬如见到中年女性，我们可以称赞她们身材苗条、婀娜多姿，见到老年人我们就要称赞他们身体硬朗、精神矍铄等等。 如果我们称赞青年人身体硬朗、牙齿坚硬，恐怕就很难起到赞美的效果。

当然，有时候我们善意的夸奖，得到的也可能是对方的回马枪。

作家马克·吐温先生就遭遇过这种事。一次，他出席某晚宴，席间他夸赞一位贵妇说："夫人，你太美丽了！"不料那妇人却说："先生，可是遗憾得很，我不能用同样的话回答你。"这位贵妇的话很伤人，就连大度豁达的马克·吐温也不禁有些恼火。于是，言辞犀利的马克·吐温笑着说了一句："那没关系，你也可以像我一样说假话。"

这是一个非常有趣的故事，不仅显示出马克·吐温的机智、幽默，更反衬出那位贵妇的吝啬、自私和冷漠。 如果遇到这样的人，我们不妨也幽默地回击一下。

对不熟悉的人切勿乱开玩笑

有的人喜欢开玩笑，以此来活跃气氛，消除双方之间的陌生感，这确实是一种与人建立融洽关系的有效方式。 但是，也有不少人在初次见面时与对方开玩笑，试图消除陌生感，往往适得其反。 其实，玩笑是不能随便开的，尤其是面对自己不了解、不熟悉的人，更不能随便与对方开玩笑。 因为你稍有不慎、把握不当，不仅不能缓和气氛，还会给双方关系造成难以弥补的裂痕，从而导致人际关系的破裂。 因此，你在不了解对方的时候，不要随意与对方开玩笑。

我们不可否认玩笑的重要作用，如果你把握得当，它在很多时候都能够活跃气氛，缓和初次见面的紧张感和生疏感。 但要选择合适的时间、合适的地点、合适的环境以及合适的对象，它才会产生锦上添花的作用。 相反，如果你与一个自己不了解的人随意地开玩笑，免不了会被误解，或者伤害到对方，严重者会给自己带来难以预想的后果。

刘备进入蜀地之后，曾与益州的刘璋在富乐山相会，当时正好碰到了刘璋的部下张裕。刘备见张裕面脸胡须，就开玩笑说："我老家涿县，姓毛的人特别多，县城周围都住满了毛姓人家，涿县县令感到奇怪，就说'诸毛为何皆绕涿而居呢'？"在这里，刘备巧将"涿"借此为"啄"，意在取笑张裕那张被一脸黑毛遮住的嘴巴。

不料张裕回敬道："从前有个人先是任上党郡潞县

县长，后来又迁至涿县做县令。有人在他上任前准备回老家探亲，便给他写了一封信，可在称呼上却犯了难，一时不知称他为'潞长'还是'涿令'，最后只好称他为'潞涿君'。"在这里，张裕也巧妙借此取笑刘备脸上无毛，立即引得哄堂大笑。当时，他们二人不过是开个玩笑，张裕并不在意这件事，但刘备却因自己落了下风而一直耿耿于怀。

后来张裕投到刘备麾下，刘备竟找了个借口，要杀张裕。诸葛亮请刘备宣布张裕罪状，刘备竟说不出什么理由来，竟称："芳兰当门而生，不得不锄去也。"

由于张裕对刘备一点都不了解，就与其玩笑进行回敬。哪晓得刘备心眼小，一直因自己占了下风而耿耿于怀，于是张裕就因为一句玩笑话而掉了脑袋。

你与对方开玩笑也要选择合适的场合，不能随便在任何场合开玩笑。比如，在一些庄重的集会或重大的场合就不适宜与对方开玩笑，还有一些有着浓厚悲伤氛围的场合，也不应该与对方开玩笑。这样的场合下，如果你与对方随意开玩笑，只会增添对方的不悦情绪，进而对你没有任何好感。因此，开玩笑需要选择合适的场合，必须在双方都心情愉悦的情况下，你的玩笑才能够发挥作用。

当我们与陌生人交谈的时候，为了消除双方之间的陌生感，开适当的玩笑是可以的。但是，在互不了解的情况下，开玩笑更需要慎重，既要选择合适的场合、合适的环境，还需要考虑到对方的性格特征、对方当时的情绪，除此之外，我们还需要把握好玩笑的内容，确保是内容健康、情调高雅的。 当你把这些因素都考虑周全了，与对方开适度的玩笑，会为你的印象加分不少。

每个人都有各自不同的性格，有的人活泼开朗，有的人爽快豁达，有的人比较内向，有的人则比较敏感。 我们在开玩笑时要因人而异。 如果对方的个性比较开朗，则可以适当地开玩笑来活跃气氛；如果对方比较敏感，则不宜开玩笑，否则有可能会伤害到对方。 另外，对女性来说，开玩笑要适度；而对于老人来说，更要慎之又慎。 总之，开玩笑要在不伤害对方自尊心的前提下，开玩笑的目的是营造轻松愉快的谈话氛围。

一般而言，玩笑是人际交往中的润滑剂，能够缩短交往双方的心理距离，能够活跃气氛、化解尴尬的窘境。 如果你能够在交际中恰当地运用这一技巧，就会使自己成为交际中的高手。

走出误区，享受幽默

幽默风趣是一种美，是一种享受。但是如果进入到误区的幽默风趣，那就不美，也不是享受，而是难受，会给别人一种难受的感觉。哪些属于幽默的误区？

1. 故作幽默

不会幽默就学习幽默，不能幽默，就不要幽默。为了幽默而幽默，故作幽默状，强求的幽默，实际上达不到幽默的效果，反而会弄巧成拙，起到不好的效果。因此要用幽默看待幽默。

2. 低级庸俗

低级庸俗包括粗俗的、低级趣味的和黄色的幽默。

3. 不合时宜

不合时宜可分为：不分时间、不分场合、不看对象。

哥伦比亚商学院李尔教授这样说："在办公室里，如果你想开玩笑的话，别忘了先估计一下冒险获利率。感到犹豫不决的话，最好还是闭上嘴巴。"不合时宜的幽默是不可取的。幽默风趣要会用，要懂得如何运用，宜用则用，注意分寸，否则，滥用幽默，就进入误区，会产生负面效果。

在法国，把60多岁的老人称为"年轻人"会没有事，而且是一种幽默，但在另一些国家或场合，就可能会造成不必要的麻烦。

　　还有，作为老板，在开除员工或者部属紧急求见时，不要摆出一张嬉皮笑脸的姿态，这是不合时宜的。 一项针对人事主管的调查显示，有88%的受访者认为，幽默感是极有利的录用条件。

　　4. 讽刺弱者

　　对智障、贫穷的人、身体残疾的人进行讽刺和嘲笑，用残疾人的身体短处作笑料来幽默，这是不可取的。

　　5. 一味讥讽

　　生活中不是不能幽默，但不要把自己的快乐建立在别人的痛苦上，不要把自己的幽默建立在别人的伤口上。

　　幽默的精神不在于报复无理的人，而是要化解纷争，让自己多一些朋友而不是多一些敌人。 人与人还是多一些宽容式的幽默为好，少一些讥讽式的幽默，不要以讥讽他人为乐事。 是不是讥讽很好判断，关键要知道在什么场合，对什么人该不该用讥讽，用什么样的讥讽，这才是最重要的。

　　6. 一味搞笑

　　幽默与笑的关系：幽默总是与搞笑联系在一起的，幽默可以使人们笑得很开心、笑得前仰后合、笑得流泪不止，但是，幽默不等于笑，而且幽默也不能一味搞笑。

　　幽默并不仅仅是讲笑话，幽默比笑话更有深度，产生的效果比笑话更强，比哈哈大笑或咧嘴一笑更能得到回报。 幽默也不一定都要引人发笑，当然它也通常由笑来帮助大家把幽默散播出去。 幽默的目的并不是笑，而是在人们笑过后所得到的深刻哲理和启迪，也就是说，真正的幽默是在笑的背后。 幽默与一般的笑话不同，主要体现在它给人一种美感、一种美的享受。 它是一种意境之美、含蓄之美、喜剧之美。

7. 错误导向

错误导向指与生态环境、政治性、生理性等相悖的幽默，这样的幽默是要避免的。

另外，还有过分、过度地揭露社会阴暗面，导向人们对抗社会，对抗领导，对抗团队，对社会失去信心的幽默，也是幽默的误区，也是不可取的。

8. 贬低丑化

有一些段子不是不可以说，但要看是什么样的段子，它起什么样的作用。 国际上，政治笑话的作用是不同的。 如果说一些政治笑话的段子是丑化领导的，就是不可取的。 再有，丑化劳动人民的也是不可以的。 丑化领导和人民，不仅不幽默，反而没有美感。 真正的幽默应该是真善美的。

注重时机、场合和对象

在众人的目光中，喋喋不休者仿佛如小丑一样可笑，故作幽默者更丑过小丑。因而我们运用幽默时，千万要注意时机、场合和对象。

英格兰人常说：尽管幽默力量很重要，但它并不是生活的全部，当时机恰当的时候，你就去用它。

西方4月1日的愚人节，是捉弄人的节日，这一天，如果一个足不出户的小伙子突然接到姑娘约会的电话；一个姑娘突然接到不是父母的父母来信；一个人到澡堂洗澡，衣服不翼而飞；一个学生去上课，教室里却空无一人。谁都知道这是有人在故意捉弄你。谁都想在这无所顾忌的节日里高高兴兴地捉弄别人，而被捉弄的人发觉上当后也为实实在在地被人捉弄而高兴。

愚人节，一个人在街上散步，突然背后传来吆喝："请让开，便桶来了！"他急忙闪开，一辆自行车匆匆而过，上面是一个小伙子带着个漂亮姑娘。

如果上述事情不是发生在愚人节，而是发生在其他的时候，可能不但收不到幽默的效果，还会使他们觉得无聊，甚至引起他人的反感。可见，幽默不是随时都可以运用的。随着文明的进步和生活经验的积累，人们越来越清楚地认识到：幽默要讲究时机。

如果你仅仅把讲究时机作为使用幽默语言的准则，那就太狭隘了，因为要想成功地使用幽默，在讲究时机的同时，还应当注意大环境。毫无疑问，讲究场合才能把幽默运用得更加恰如其分。

　　在发生重大事件的严肃场合，或者在葬礼上，不合时宜的幽默话语会引起别人的误解甚至怨恨。比如朋友正为失去亲人而伤心，你对在灵前落泪的朋友说："去世的那位先生一定是个个性强硬的人，你看，他现在从头到脚都是僵硬的。"这番幽默几乎可以肯定会受到痛斥。

　　在庄重的社交活动中，任何戏谑的话语都可能招来非议。在庄重场合，如果你幽默起来没边没际、太过夸张，为追求效果而手舞足蹈，脱离自己的平常个性，也会让人反感，人家会觉得你虚伪浮躁，不够稳重，这会严重影响你的个人形象。

　　曾经不止一位幽默理论家这样告诫我们：观察对方的个性、好恶和心情，乃成功施展幽默的窍门。的确，俗语说"一种米养百样人"，社会每个成员的性格、心理、教养都不尽相同，意趣更为千差万别，假如你对幽默参与者的个性不够了解，那么你苦心经营的幽默必会报废不少。

　　因此，在社会交际中，要视对象的不同，注意把握分寸，才能收到好的效果。比如：一些关于盲人的幽默，对于真正的盲人就不适宜了。在社交生活中，我们应根据具体的环境、对象和氛围，采用适当的形式来表达出恰当的幽默。

　　　　在图书馆门口，有一位男士开门让一位女士进来。
　　　　"如果你因为我是女的，所以开门让我进来，那就算了吧！"她说。

"不，夫人，"他回答，"我为您开门，是出于尊重你是个长者。"

　　所谓顾及听众，当然不是一种姿态，而是幽默作为交际的艺术天经地义必须具备的前提条件。

　　幽默的群体性和共娱性特征是十分明显的。 又由于群体是由个人构成的，因此能够娱乐甲的一句话，可能在乙听来是侮辱。 如果你忽视了这一点，一味地强调自我的兴致和偏爱，丝毫不放弃个人的思路，那么，你的幽默将黯然无光。 有关种族的幽默是最微妙、最难处理的。 当你和一群人都是流着共同祖先的血液时，说说种族的幽默可能会减轻每个人心头的负担；但当一群人分别来自不同的种族时，使用涉及种族的幽默则会有很大的危险性。

　　注意对象、了解对象，才会容易找到合适的幽默话题；适应对方的心理需要，才能真正达到沟通的目的。 分而治之，是现代幽默的最为完美的战术。

　　最后要说的是，一个真正的幽默家首先要愿意接受他人的信息。 当他人幽默地发表意见时，你有义务报以微笑——而不是冷言冷语来泼他一头冷水。 因为幽默并非某一个人的特权，它是整个社会的财富。 笑具有传染性，为他人捧场，你的合作态度会得到由衷的感谢，只要气氛活跃了，该你施展幽默时，也会一路绿灯。